Миры
АНАСТАСИИ
ЯБЛОКОВОЙ

АНАСТАСИЯ ЯБЛОКОВА

Птицы Вселенной моей

Откровения художницы
о прекрасном
и невероятном

УДК 159.96
ББК 88.6
Я 14

Яблокова Анастасия

Я 14   Птицы Вселенной моей / Откровения художницы о прекрасном и невероятном. 2025. — 170 с., ил.

ISBN 978-5-6053777-0-2
Printed version softcover

ISBN 978-5-6053777-1-9
Printed version hardcover

ISBN 978-5-6053777-2-6
Ebook

Откровенные рассказы художницы о прекрасном и невероятном, случившемся с ней: эта книга о чудесных перемещениях в другую реальность, которые ей посчастливилось испытать под воздействием звуковых волн тибетских поющих чаш. Автор повествует о волшебных чувствах и воспоминаниях, о приключениях и встречах, происходивших с ней во время перемещений в самый настоящий параллельный мир. Необычные прогулки её души расширили мировосприятие и подарили важнейшие осознания, которыми автор делится с читателями.

Анастасия Яблокова обращает внимание и на значимость образа птицы как важного символа в мифологии и фольклоре народов мира, основываясь на личном опыте исследований этой интересной темы, особенно после того, как образ птицы стал значимым в её собственной жизни.

УДК 159.96
ББК 88.6

© Анастасия Яблокова, 2025
(текст, иллюстрации)

— Синяя Птица мне просто необходима. Я ищу её для моей внучки. Моя внучка очень больна.

— Что с ней?

— Трудно понять. Она хочет быть счастливой...

— Ах вот что!..

Морис Метерлинк «Синяя птица»

ОГЛАВЛЕНИЕ

Об авторе — 9

Предисловие — 11

Глава 1. РАЗНЫЕ — 17

Глава 2. ВДОХНОВЕНИЕ — 21

Глава 3. ВОЛШЕБНЫЕ ЧАШИ — 25

Глава 4. ЧУДЕСНАЯ ВСТРЕЧА — 35

Глава 5. ПОДСМОТРЕННОЕ ЧУДО — 45

Глава 6. ПОЛЁТ — 53

Глава 7. ВЫЗЫВАЮЩАЯ ДОЖДЬ — 61

Глава 8. БОГ В ДЕРЕВЬЯХ — 69

Глава 9. ВОЛШЕБНЫЙ ЛЕС — 83

Глава 10. ВОДА	93
Глава 11. ПТИЦА	101
Глава 12. ПТИЦЫ ВСЕЛЕННОЙ МОЕЙ	111
Глава 13. ОБРАЗ ПТИЦЫ В КУЛЬТУРЕ НАРОДОВ МИРА	119
Глава 14. ОБРАЗЫ И СИМВОЛЫ	133
Глава 15. «СТУПАЙ В ЛЕС, СТУПАЙ…»	139
Заключение	145
P.S.	151
Символизм образов	152
Источники	167
Благодарности	169

ОБ АВТОРЕ

АНАСТАСИЯ ЯБЛОКОВА — петербурженка, член Профессионального союза художников России и Национального союза пастелистов России, лауреат международных конкурсов живописи и декоративно-прикладного искусства, организатор и участник международных выставок и арт-проектов в России, Черногории и Объединённых Арабских Эмиратах.

Создаёт работы на мифологические темы и картины-аллегории, несущие в себе не только эстетическую красоту и глубокий смысл сюжета, но и сакральную силу символов, гармонично вплетаемых в орнамент картин. В своём творчестве воспевает красоту окружающего мира.

Картины художницы находятся в частных коллекциях в России, ОАЭ, Черногории, Сербии, США, в странах Европы и Азии.

ПРЕДИСЛОВИЕ

ВЫ КОГДА-НИБУДЬ ЛЕТЕЛИ на самолёте в полнолуние над бескрайним ковром облаков, освещённым серебристо-голубым светом Луны? Волшебно! Завораживает...

А когда этот пушистый ковёр, наконец, заканчивается, отражение Луны и её магического света сияющей змейкой пробегает по земным рекам и зажигает озёра, словно яркие фонари.

Невероятно красиво! Это как игра, которую затеяла волшебница Луна именно с тобой — видящим, замечающим.

Забавно: в такие моменты есть ощущение очень тесной, практически «дружеской» связи с ней, с Луной, а может и со всей Вселенной.

В момент, когда самолёт разворачивается, Луна вдруг исчезает из поля зрения. Становится так темно и скучно, что даже как-то не по себе. Но потом она снова появляется как ни в чём не бывало, только уже немного сместившись в другую сторону и, подмигивая, шепчет: «Не бойся, я с тобой».

Удавалось ли вам когда-нибудь замечать такое? Или это лишь со мной происходит, потому что я никогда не сплю в самолётах?..

Кто-то удивится и подумает: «Вот здорово, надо тоже полететь в полнолуние на самолёте, посмотреть на эту красоту!», а кто-то, напротив, решит, что всё это похоже на детский лепет.

Но ведь мы и есть дети: дети этой Вселенной, только загруженные взрослыми заботами. А так хочется порой забыть обо всём на свете хоть на мгновение и с детской беззаботностью заметить, как прекрасен и чудесен наш мир!

Про меня часто говорили, якобы живу я в каком-то своём иллюзорном мире, не имеющем ничего общего с реальностью. Кое-кто даже посмеивался за спиной: мол, она, как ребёнок, верит в сказочки и чудеса. Наивная! А по мне так: наивно полагать, что чудес не бывает, делая вид, буд-

Предисловие

то мир прост, как дважды два, и нам всё про него ясно.

Несколько лет назад я читала статью, которую обо мне и моих картинах написал один искусствовед. Я подумала тогда: этот человек очень точно меня почувствовал, так как статья начиналось со знаменитого высказывания Эйнштейна: «*Есть только два способа жить: жить так, как будто чудес не бывает, и жить так, как будто всё в этом мире является чудом*».

Для меня мир невероятно чудесен! Кроме того, со мной и правда случаются чудеса. Самые настоящие! И я верю в то, что человечество называет сказками. Верю, ибо не раз сама в них попадала и встречалась там с прекрасными сказочными существами. Для многих это невероятно, но я действительно встречалась с ними лично и знаю, что они вовсе не чья-то «выдумка»!

По понятным причинам (не поймут или засмеют) мне сложно было говорить об этом людям, даже самым близким. Я долго молчала, но всё-таки нашла способ рассказать об этом в своих картинах. В таком формате мои рассказы многим пришлись по душе. Теперь же пришло время рассказать подробнее о моих чудесных приключениях в тех самых сказочных мирах на страницах этой книги... рассказать о прекрасных существах, с которыми мне посчастливилось встретиться и подружиться. Но прежде, прошу вас, остановите привычный ход мыслей: возможно, вы вспомните, что тоже не раз сталкивались с чудесами.

Птицы Вселенной моей

Маленький росток одуванчика, пробивающийся сквозь асфальт и выросший, несмотря ни на что, ярким жёлтым солнышком посреди серого безжизненного поля. Смешная, нелепая гусеница, ползающая по земле, вдруг превращается в прекрасную бабочку и порхает на чудесных крыльях с цветка на цветок. А волшебная радуга-дуга, которая так восхищает и завораживает нас, даже если мы видим её двести пятьдесят третий раз в жизни?.. А прекрасные птицы, как по волшебству, парящие так легко над нашими головами?.. Разве всё это не чудесно? Последним, кстати, уделено большое внимание в этой книге, так как они, эти маленькие и беззащитные на первый взгляд существа, — чудесные древние символы и один из важнейших образов в культуре народов мира с древнейших времён. Когда же мне посчастливилось познакомиться более глубоко с прекрасным символом птицы, это кардинально изменило мою жизнь.

Вернусь к этому позже, ну а пока — мои встречи с чудесами и сказками. Хотите — верьте, хотите — нет, но всё, что я вам расскажу, — реальные истории, произошедшие со мной.

РАЗНЫЕ

ВСЕ ЛЮДИ, БЕЗУСЛОВНО, РАЗНЫЕ. Восприятие мира, его видение у всех нас очень отличаются. Мы живём буквально в разных реальностях.

Вспомнила давнюю историю: как-то вечером моя подруга из соседнего подъезда позвала меня прогуляться с её собакой.

У подруги был прекрасный чёрный пёс, немецкая овчарка: красивый и добрый. Я любила гулять с ними.

Стоял октябрь. Вечерами воздух был свеж и прохладен. Когда я вышла на улицу, уже совсем стемнело, а так как мы жили в только построенном доме, в районе новостроек, где ещё полным ходом шло строительство, улицы очень плохо освещались: только тусклый свет из окон домов вместо фонарей.

Мы встречались всегда на небольшом пустыре между домами, где удобно гулять с собакой. Я подошла к пустырю и увидела, что моя подруга и её пёс уже ждут меня. Подходя к ним, я машинально подняла голову вверх и ахнула:

— Боже мой! Ты видела, какое небо сегодня! Невероятно! Сколько звёзд! Спасибо, что вытащила меня на улицу, а то бы я пропустила такую красоту!

Я раскинула руки и начала потихоньку кружиться... впрочем, вскоре меня остановило ворчание подруги:

— Какие к чёрту звёзды! Такой дубак на улице, пошли скорей домой чай пить!

Она пошла в сторону дома, пёс побежал впереди... Я ещё пару минут стояла с поднятой головой, впившись глазами в необъятное звёздное небо, пытаясь разглядеть за ярко сияющими ближайшими звёздами пелену звёздочек более мелких, далёких. Всегда так делаю, когда хорошая погода и небо настолько чистое, что можно прочувствовать бесконечность Вселенной, замечая слои за слоями: от ближайших к нам звёзд до самых-самых маленьких, еле заметных.

Иногда, если долго смотришь, кажется, будто растворяешься в бесконечном пространстве, становишься на мгновение единым целым с ним.

— Давай скорей! Я околела! — Окликнула подруга.

Я поплелась за ней.

Дома она налила нам горячего чая, села напротив меня и, минуту помолчав, вдруг сказала:

— Знаешь, в чём разница между нами?

— В чём же?

— Да в том, что мне плевать на звёзды, я их даже не заметила... зато заметила, как холодно. А ты... ты задрала голову вверх и готова была простоять так полночи, будто холод тебе не помеха! Будто бы чувство восхищения сегодняшним небом согревает всё твоё нутро. Вот как так? Меня это удивило... может, со мной что-то не так?

Я ничего не сказала в ответ, но подумала: она права. Не то чтобы я не замечала холод, нет... просто погода не имела для меня никакого значения. Но вот что мне действительно было не понять после её признания, так это *как можно было не заметить такую красоту!* Ведь в нашем прекрасном Петербурге такое не очень часто увидишь. Чаще всего небо затянуто густыми низкими облаками.

А кстати: гуляя однажды вечером, мы увидели в петербургском небе настоящее северное сияние. Чудеса, да и только! Уж его-то моя подруга оценила.

ВДОХНОВЕНИЕ

МЕНЯ МНОГОЕ ВДОХНОВЛЯЕТ В ЖИЗНИ, особенно то, что способствует расширению творческого мышления и рождению новых образов. Это и музыка, и архитектура, и интересные люди, окружающие меня, и сюжеты из книг, фильмов, из мифов, легенд... И, конечно, как многих других художников, больше всего меня вдохновляет наша земная природа. Именно поэтому я очень люблю организовывать рабочее пространство в помещении с большими окнами.

Работа на пленэре, конечно, это нечто особенное, но, как правило, на свежем воздухе я работаю только когда пишу пейзажи. Раньше я часто ездила с этюдником и красками в творческие путешествия: это было здорово! А вот картины с характером символизма, картины-аллегории, фантазийные сюжеты я предпочитаю создавать в мастерской, так как процесс этот совсем не быстрый.

Работая в помещении, приходится периодически отвлекаться, чтобы глаза могли отдохнуть. В такие моменты я смотрю в окно, как учил меня когда-то мой учитель. Смотрю на листву деревьев, трепещущую от ветра, на небо, на облака, на цветы в моём саду, на забавных птиц... Порой массу интересного можно увидеть всего за несколько минут!

Иногда наблюдаю, как маленький желторотый птенец, только научившийся летать, слетел на траву и бегает, широко раскрыв клювик, за мамой птицей, которая ищет для него жучка или червячка...

А иногда свора подростков-воробьишек, засевших внутри жасминового куста, играют в пятнашки, как дети, перепрыгивая с ветки на ветку и задорно щебеча. А потом вдруг взмывают в воздух всей сворой одновременно, шумя и галдя.

А вы видели когда-нибудь пьяных жуков? Такое можно увидеть, пожалуй, только в южных краях!

Самое смешное наблюдать за тем, как огромный чёрный жук, наевшись с дерева уже переспелого и забродившего инжира, парит абсолютно хмельной из стороны в сторону, пока не врежется в стену дома или окно моей мастерской... Когда я вижу такое, мне становится жаль беднягу: я выхожу, чтобы помочь

Вдохновение

ему перевернуться со спины на лапки. Протрезвеет — и снова улетит!

Чего только не увидишь иногда... Однажды я наблюдала нечто невероятное. За окном моей мастерской растёт маленькое оливковое деревo. Как-то я выглянула в окно и увидела: прямо над маленькой оливкой поднимается облачко, причём абсолютно такой же формы, как само деревце. Оно буквально повторяло его очертания! Это было что-то невероятное, но настолько очевидное, что я сфотографировала облачко на телефон, пока оно не рассеялось в воздухе. Вот что это? Чудо!

Ну а сейчас я пишу в своём новом творческом пространстве с большими панорамными окнами, из которых открывается вид на небольшой сад, озеро и высокие деревья: их ветви сегодня довольно сильно колышутся от ветра. Листва переливается на солнце и смешные зелёные длиннохвостые попугаи с красными клювами, зацепившись лапами за длинные свисающие ветви, качаются, будто на качелях, в разные стороны, периодически издавая громкие скрипучие звуки. И как, скажите мне, такое может не вдохновлять?

Но всё же есть и ещё кое-что, дарящее мне невероятное вдохновение. Я расскажу об одном чудесном процессе, который изменил моё восприятие жизни, украсил её невероятными красками, вдохновил меня на создание многих картин и на то, чтобы написать эту книгу.

ВОЛШЕБНЫЕ ЧАШИ

НА СЕАНСЫ ТИБЕТСКИХ ПОЮЩИХ ЧАШ я попала случайно много лет назад. Впрочем, случайности не случайны, как сейчас понимаю. Тогда я только открыла для себя йогу и стала стабильно заниматься с тренером.

Оказалось, мой учитель йоги ещё и мастер игры на тибетских чашах. Я, конечно, слышала о них, но на тот момент не имела представления, чем же они уникальны и как могут быть мне полезны.

Мастер предложила провести пробный сеанс, объяснив, что своими особыми звуковыми волнами чаши способны излечивать некоторые недуги, высвобождать ненужные, застоявшиеся энергии из тела и просто помогают глубоко расслабиться. Я решила пройти хотя бы один сеанс.

На первой же «сессии» со мной произошло нечто невероятное, ранее никогда не случавшееся, после чего я поняла, что не могу расстаться с поющими чашами и забронировала сразу ещё несколько сеансов, которые в дальнейшем проходили примерно раз в неделю.

Каждый сеанс был особенным и открывал нечто превосходящее все мои ожидания. С тех пор я не расстаюсь с поющими чашами и периодически возвращаюсь к «волшебным» сеансам.

Мой учитель йоги стала для меня очень близким человеком, моей прекрасной «феей», если угодно. Никак по-другому не могу её назвать! Она настолько легка и изящна, что будто парит над землёй. Кроме того, её природная красота, гармоничные движения, спокойствие, уравновешенность и мудрость всегда очаровывали и приводили в восторг моё творческое сознание.

Не могу точно сказать, что именно способствовало волшебству, происходившему со мной во время сеансов. Может быть, невероятные сочетания звуковых волн поющих чаш? Может быть, то, что именно «фея» играла для меня? Или мои собственные необыкновенные возможности, раскрывшиеся под влиянием волшебных звуковых энергий и открывшие мне настоящее чудо?

Волшебные чаши

Начну по порядку. На первый сеанс мастер приехала ко мне с тяжёлым большим чемоданом. Она разложила на ковре в спальной комнате мягкое покрывало и, достав чаши из чемодана, аккуратно расставила их вокруг в определённом, понятном только ей одной, порядке.

Чаши были разных размеров и, как она объяснила, имели особую (каждая — свою) частоту звуковых вибраций. Мы закрыли окна портьерами и зажгли свечи, чтобы создать более уютную расслабляющую атмосферу. Мастер рассказала, что сеансы проходят для всех по-разному. Кто-то ощущает странные покалывания в теле, возможно, даже боль в некоторых частях. Кто-то чувствует, как энергия, вызванная звуками чаш, распространяется по всему телу. Кто-то ничего особенного не чувствует, кроме сильного расслабления. Многие вообще засыпают и не помнят, проснувшись, что с ними происходило во время сеанса...

— Всё это нормально! — объяснила она. — Какими бы ощущения ни были, чаши делают своё дело!

Мастер посоветовала мне непосредственно перед сеансом обратиться мысленно к поющим чашам и выразить своё намерение, попросив их оздоровить моё тело и очистить от всего ненужного — или же сделать запрос на что-то ещё. Например, попросить дать ответ на какой-либо интересующий вопрос, так как во время сеанса могут приходить образы или информация, способные дать ответ человеку.

Я легла на пол и закрыла глаза. Мастер дала мне несколько минут на то, чтобы расслабиться и настроиться на сеанс. Расслабление пришло очень быстро: я мысленно обратилась к чашам и к Высшим силам, своим Ангелам, попросив их оздоровить меня и рассказать мне то, что я, по их мнению, должна знать.

Через несколько минут я услышала волшебный звон. Как будто множество малюсеньких колокольчиков зазвенели одновременно над моей головой... Но чарующий звон продолжался недолго. После него прозвучал первый удар по одной из чаш: она томно запела... Затем вторая, уже более низко... За ней третья, четвёртая...

Все они пели разными голосами, у каждой был свой характер звука, но это совсем не мешало им переплетаться в очень красивый и гармоничный звуковой узор. Меня это невероятно волновало и вдохновляло. Было ощущение, будто при очередном ударе по чаше звук моментально запрыгивает ко мне в ухо и, как сияющий ручей, быстро растекается по телу.

Затем мастер обратилась к более крупной чаше, как мне показалось, и начала водить игральный палочкой по кругу: было ощущение, что её звук, низкий и глубокий, закручивается в спираль. В то же мгновение я почувствовала ощущение закручивающейся спирали и в животе, в области пупка. Не могу сказать, что ощущение из приятных: оно было странным, мне стало даже немного страшно...

Волшебные чаши

Так продолжалось довольно долго, но вскоре звуковая волна снова начала разливаться по телу и уже через миг я почувствовала боль в правой ноге. Затем моя левая рука вдруг судорожно затряслась: это продолжалось буквально несколько секунд — я старалась лежать неподвижно, сохраняя состояние спокойствия и расслабленности.

Чаши продолжали петь свою волшебную песню то с одной, то с другой стороны моего тела, то где-то над головой.

Сеанс длился примерно час и практически всё это время я пролежала с улыбкой, наслаждаясь музыкой и волшебными ощущениями — с полным пониманием того, что чаши действительно делают нечто волшебное с моим телом. Всё это было так ново, необычно! Мне казалось, в проникновении звука в тело есть что-то магическое. Это было невероятно! Я была уверена в том, что всё идёт так, как надо и я получаю от этого процесса то, что необходимо именно моему телу и разуму.

Понимая, что до конца сеанса осталось совсем немного времени, я старалась не упустить ни малейшего ощущения. Но я и представить себе не могла, какой сюрприз ожидает меня перед завершением процесса...

Совершенно неожиданно моё сознание будто выкинули из пространства спальни, в котором я находилась, в пространство неопределённое, неописуемое, где я неслась куда-то с невероятной скоростью, — при этом я видела и ощущала себя как некую светящуюся субстанцию без определённого размера и формы. Единственное, что приобрело еле заметные очертания на долю секунды, это моё лицо, устремлённое вперёд и вверх, к яркому сияющему свету. Свету, который звал меня. Свету, которым был... да, Бог.

В момент, когда с моим сознанием это происходило, моё тело не оставалось безучастным. В груди ощущалось такое расширение, будто её вот-вот разорвёт, будто вырвется наружу нечто, чему стало тесно внутри.

Всё это происходило так быстро, что я, испытывая ощущения молниеносного полёта, в столь странном облике себя самой, взволновалась так сильно, что вскочила и заплакала от нахлынувших эмоций.

Мне стало немного неловко перед мастером, но я не могла себя сдержать. Всё это вызвало у меня ещё и волну страха: именно от неожиданности увиденного и ощущаемого... в то же время чувство неописуемого восторга, не передаваемого словами, охватило меня.

Я всерьёз расплакалась. Мастер уложила меня на пол и успокоила, посоветовав дышать глубоко, выравнивая дыхание. Она продолжала играть на небольших чашах, издающих очень ласковый, мягкий звук. Постепенно я успокоилась, волнение ушло: осталось лишь ощущение сильнейшего расширения в груди и понимание того, что со мной произошло нечто невероятное, нечто настолько грандиозное,

Волшебные чаши

что объяснить словами кому-либо и даже самой себе это я никогда не смогу.

После сеанса мастер прошептала:

— Полежи ещё, сколько потребуется, а когда будешь готова, вставай и спускайся в гостиную, я буду ждать тебя там.

Я полежала совсем недолго, оставшись одна: я снова заплакала, вспоминая, что именно со мной произошло, переполненная чувствами, которых никогда ранее не испытывала.

Слёзы своевольно катились из глаз. Я села на покрывало и огляделась. Всё казалось туманным из-за лёгкого дыма горящих свечей или от того, что слёзы наполняли глаза. В тот момент было сложно всё это осознать. Я посидела ещё немного и присмотрелась к чашам. В свете свечей они мерцали тёплым загадочным сиянием. Казалось, они живые. Я мысленно поблагодарила каждую и выразила благодарность своим Ангелам за столь важные ощущения, которые они подарили мне. Чувство благодарности переполняло всё моё нутро, всё моё сердце. В тот момент я поняла: я увидела свою душу. Это понимание было настолько чистым и явным, что не вызвало во мне ни доли сомнения.

Спустившись в гостиную, я застала мастера на диване, любующуюся видом из окна. Заварив ароматный чай, я рассказала ей всё, что со мной произошло, а она со спокойствием мудреца сказала, что «такое иногда происходит», хотя именно в её практике пока ни с кем такого не случалось. Мы долго беседовали и моё состояние постепенно выровнялось.

Следующий сеанс был запланирован через несколько дней. Всё это время я ждала его с нетерпением. А когда сеансы проходили, мне открывалось нечто совершенно чудесное, то, о чём я и собираюсь рассказать вам дальше.

ЧУДЕСНАЯ ВСТРЕЧА

НА ВТОРОМ СЕАНСЕ НАЧАЛИСЬ мои удивительные путешествия в другую реальность. Я наслаждалась пением тибетских чаш, прислушиваясь к ощущениям, и ожидала, что снова смогу увидеть себя в стремительно летящем, светящемся образе. Но я ошибалась: то, что со мной произошло на первом сеансе, никогда больше не повторялось. На сей раз, примерно в середине сеанса, сознание моё перенеслось в другую реальность.

Я открыла для себя тогда по-настоящему другой мир. Мир, в который меня переносили поющие чаши своим волшебным звучанием. Мир, похожий на наш:

такая же природа. Золотое поле ржи, лес, зеленеющий неподалёку. Такое же небо и облака, такие же птицы. И я в этом мире была такой же, как всегда, вот только в несколько странной одежде... Как будто не из этой эпохи. Я была в длинном платье, похожим на древнеславянское или древнескандинавское, с длинными широкими рукавами, подпоясанное плетёным кожаным поясом. Волосы мои были распущены длинными локонами цвета ржи, среди которой я и оказалась, а вокруг головы завязан тонкий шнурок.

Я шла по полю и, расставив руки в стороны, задевала золотистые колосья кончиками пальцев. Всё поле заливало солнце: его ласковое сияние проникало в каждую клеточку моего тела. Я наслаждалась всем вокруг, ощущая, как лёгкий ветерок ласкает моё лицо, волосы и плечи.

Вдали виднелся небольшой лес и я, не задумываясь, направилась в его сторону. Чем ближе я подходила, тем отчётливее видела дорожку, ведущую вглубь.

Деревья над ней переплетались, образовывая арочный вход, а дальше — тоннель из переплетённых веток.

Но всё это не выглядело столь прекрасно, как золотое поле и сам зелёный лес. Тоннель из деревьев и кустов оказался довольно мрачным и даже пугающим. Внутри было темно: голые ветви сплелись очень густо и затемнили дорожку так, что даже самый крошечный лучик света не проникал туда.

Чудесная встреча

Я стояла возле входа в этот природный тоннель и боялась шагнуть. Страх неизвестности останавливал... до мурашек. Но всё же далеко, в конце тоннеля, проглядывала маленькая яркая точечка света. И именно она настолько сильно меня манила, что я не могла сдержать любопытство и желание ступить на тропу, невзирая ни на что. Ведь чтобы достичь этого еле заметного света, мне надо пройти долгий, пугающий мрачностью путь.

Я решилась и вошла в арку из веток, ведущую в таинственный лесной тоннель. Ступая очень медленно и осторожно, я слышала, как хрустят под ногами засохшие листья, давно опавшие с деревьев, обрамляющих этот лесной путь. Стояла полная тишина. Всё замерло. А лес — абсолютно пустой, безжизненный. Ни птиц в нём, ни животных, ни малюсенького жучка...

Пройдя сколько-то по узкой мрачной дорожке, я вдруг начала замечать, что пространство постепенно расширяется, а ветви, переплетённые над головой, стали немного выше. Тоннель постепенно увеличивался в размерах: становилось немного легче дышать. Я шла уже практически спокойно, не боясь задеть ветки деревьев, да и сухих листьев под ногами, судя по звукам, становилось всё меньше.

Свет в конце тоннеля приближался: становилось светлее. На деревьях и кустарниках появились зелёные свежие листья, а сквозь ветви начал просачиваться золотистый свет, рассыпавшийся тонкими струйками.

Чем дальше я шла, тем радостнее было на душе от того, что уже не так темно и мрачно. Я стала наслаждаться созерцанием того, как золотистые лучики проникают в кусты, создавая ажурное кружево из переплетённых веточек... касаясь свежей листвы, они будто зажигают зелёные фонарики, указывающие мне путь. Мне хотелось идти и идти, не останавливаясь, вперёд, к свету, к яркому свету, который становился всё ближе и ближе, всё ярче и ярче... Он манил меня с невероятной силой.

Но вдруг мне почудилось, что там, вдалеке, сквозь яркий свет проглядывает чей-то силуэт. Сердце забилось с невероятной скоростью. Я пригляделась внимательнее и остановилась от неожиданности и удивления. Действительно, в невероятно ярком свете виднелся чей-то силуэт, и силуэт этот не был человеческим: силуэт непонятного существа, скорее животного, нежели человека. Из-за яркости света, в котором существо находилась, его едва можно было заметить, а разглядеть и вовсе не представлялось возможным.

Я осторожно пошла дальше. Приближаясь медленно к свету и к существу, спокойно стоящему у выхода из тоннеля, стала замечать, что моё сердце постепенно успокаивается и уже не бьётся, как сумасшедшее, от страха: наоборот, я стала ощущать во всём теле какую-то теплоту, которая успокаивала меня и полностью отдаляла от состояния паники.

Не сводя глаз с непонятного существа в сиянии золотого света, я почувствовала невероятную энер-

Чудесная встреча

гию любви и благости, захватившую меня полностью. В тот момент и появилось знание (и в голове, и в сердце), что тот, к кому я иду, ждёт меня. Ждёт — очень давно. Ждёт с невероятным добром и любовью.

Наконец я подошла ближе: так, что уже могла разглядеть силуэт и понять, хотя бы примерно, кто это может быть. Каково же было моё удивление, когда я поняла, что залитое сияющим светом существо — прекрасный конь! Но ещё больше меня удивило то, что я заметила позже. Из головы коня, из самого центра лба, величественно выпячивал длинный витиеватый рог...

— Единорог! Боже! Это же Единорог! — Закричала я сама себе, ни произнеся при этом ни слова.

В моей груди что-то взорвалось... Бам-м-м! Голова закружилась.

Качаясь, я медленно подошла к прекрасному животному так близко, что оно едва могло опустить голову вниз, приветствуя меня. Я всё ещё боялась дотронуться, хотя всем сердцем чувствовала чарующее влечение к этому существу.

Единорог приблизился и своей большой головой коснулся моей головы и плеча. Он не произнёс ни звука, но я услышала: «Обними меня, я так долго тебя ждал».

По моим щекам ручьём потекли слёзы. Я обняла его, я гладила его морду и мягкую плюшевую щёку, гладила его прекрасную волнистую, сияющую в лучах солнца, гриву. Я плакала, плакала и не могла остановиться... Плакала от счастья и твердила:

— Прости, прости мой милый, мой любимый, что я так долго к тебе шла!

Во всём моём теле, в моей груди, в голове как будто пылал огонь — и я очень чётко чувствовала, что обнимаю существо до боли родное: как своего ребёнка, как часть себя. Это прекрасное мифологическое существо, этот волшебный Единорог не был для меня незнакомцем... о, это было очень близкое мне существо и всё моё нутро оказалось пропитанным невероятной любовью к нему.

Мы долго обнимались: не передать, насколько мне было хорошо в тот момент. Я перестала лить слёзы, я ощущала лишь невероятное спокойствие и блаженство. Меня ничего не удивляло и не волновало. Было ощущение, будто моё подсознание, моё высшее «Я» заранее знало, что эта встреча состоится.

Затем мой прекрасный белоснежный красавец (буду так его называть) повернулся и направил меня и мой взгляд на яркий сияющий свет, который заливал всё пространство вокруг. Свет был настолько ярок, что я не могла смотреть на него, не прищурившись, и не могла понять, где мы находимся.

Этот яркий свет сильно слепил глаза, но постепенно я начала видеть, что пространство вокруг — огромный, необъятный мир. Я, наконец, увидела небо и землю.

Мы стояли спиной к лесному тоннелю, а перед нами раскинулось большое прекрасное поле, усы-

Чудесная встреча

панное безумным разноцветьем трав и цветов, над которым вился рой бабочек и шмелей. В огромном лазурном небе парили восхитительные птицы, радужно переливающиеся пёстрым оперением. Всё было залито солнцем и теплом. Энергия любви и счастья царила в мире.

Мы потихоньку пошли по полю, наслаждаясь волшебной красотой, окружающей нас, и счастьем от того, что мы вместе долгое-долгое время.

Сколько точно я там была, не могу сказать. Кажется, времени там совсем нет, даже нет такого понятия и ощущения... Но всё же настал момент, когда мне пришлось уходить. Не знаю, как объяснить, но я просто это поняла. И Единорог понял.

Он, мой прекрасный белоснежный красавец, повёл меня в сторону лесного тоннеля. С этой стороны вход в тоннель совсем не был мрачным, скорее наоборот. Вход был освещён солнцем, вся дорожка светилась, будто тысячи золотых лучей были направлены на неё.

Мы ещё раз обнялись. Я поцеловала его мягкую бархатистую щёку. Его большой тёмно-шоколадный глаз, обрамлённый белоснежными ресницами, смотрел на меня с любовью, излучая добро и радость.

Он совсем не был грустным! И не было ощущения в тот момент, что мы прощаемся. Мы оба знали, что теперь мы навсегда вместе. Единорог снова опустил голову, направив свой прекрасный рог в землю, кланяясь мне и как бы говоря: в добрый путь.

Птицы Вселенной моей

Я пошла по солнечной дорожке в глубину леса. Я оглядывалась назад и видела, как он стоит, не шевелясь, и смотрит вслед любящими глазами, весь залитый золотым светом... мой прекрасный, мой белоснежный красавец.

Я шла и думала: что это было? Какая-то сказка? Как такое может произойти? Куда я попала? Единорог? Серьёзно? Кому рассказать — засмеют же! А может, я слишком зачиталась мифологией, что уже единороги мерещатся?

Куча глупых мыслей моментально пронеслась в голове, но когда я обернулась снова и увидела его силуэт в сиянии солнца, моё сердце вновь залилось неистовой любовью: тут же пришло осознание, что всё это правда. Не сказка, а быль! Со мной это действительно случилось! Уж сама-то перед собой я могу быть честна... Это чудо. Со мной случилось настоящее чудо...

В дальнейшем мы ещё не раз с ним встречались — и продолжаем наши прогулки. Частенько, когда я прохожу сеансы тибетских чаш, я снова попадаю в тот чудесный мир, на то золотое поле ржи, а увидев вдалеке маленький лесок, бегу со всех ног к тоннелю. Его мрачность меня уже совсем не пугает, я смело вступаю в него и иду, счастливая, по дорожке, зная: там, вдали, в конце тоннеля, я вновь увижу залитый священным солнечным светом, его силуэт. Он там навсегда. Он ждёт меня. Мой прекрасный, мой любимый, белоснежный красавец — мой Единорог.

ПОДСМОТРЕННОЕ ЧУДО

ИТАК, У МЕНЯ ПОЯВИЛСЯ НЕВЕРОЯТНЫЙ друг в другой реальности: иногда мы встречаемся... Оказалось, у него есть крылья: порой мы летаем над цветущим ароматным полем. Впрочем, рассказывать о наших полётах я всё же не буду. Думаю, вы можете представить себе, насколько это чудесно.

Но мне хочется рассказать о тех случаях, когда я попадала в свой изумительный мир не для встреч с Единорогом, а потому что меня ждали там и другие чудеса.

Однажды, попав в свой параллельный мир, я *подглядела* чудо. Да, именно так: подглядела.

На очередном сеансе тибетских поющих чаш я вновь ждала встречи с белоснежным красавцем. Как только чаши запели волшебную мелодию, я успокоила дыхание, расслабила тело и со сладким предвкушением долгожданной встречи перенеслась на золотистое поле ржи.

Как всегда, оно было залито солнечным светом: невероятное тепло тут же окутало всю меня. Я снова прошла по полю, касаясь золотых колосьев... Погуляв немного, насладившись теплом и светом, я направилась в сторону всё того же лесочка, а подойдя ближе обнаружила, что дорожки-то в тоннель нет... Исчезла! Я огляделась. Нигде не было никакого прохода, никакой тропинки, ведущей вглубь леса. Я сильно удивилась, но меня это не расстроило, потому что я чувствовала притяжение, исходящее из леса, и понимала: всё равно я туда проникну. Тем более что лес на сей раз не казался столь густым. Напротив, деревья стояли не слишком плотно друг к другу; повсюду переливался на солнце пушистый разноцветный мох. Всё вокруг было усыпано черникой и вереском. Я слышала, как звонко и переливисто поют птицы в лесу и как чарующе пахнет чем-то свежим и сладким.

«Наверное, вереск полностью раскрыл цветочки и начал отдавать в пространство свой тонкий, сладкий аромат», — подумала я.

Я вошла в лес, осторожно ступая между зарослями мха, чтобы не затоптать и не нарушить тем самым его многолетний рост. На сердце было так

Подсмотренное чудо

легко, что с лица не сходила улыбка блаженства. Я шла да шла, заходя всё глубже и глубже в лесную чащу, наслаждаясь ароматами, пением птиц и тем, как плавно колышутся верхушки высоких деревьев: они будто вальсируют под чарующий аккомпанемент птичьего пения! Мне было так хорошо, что совсем не хотелось торопиться. Казалось, я растворяюсь в этой лесной неге и сливаюсь с деревьями, мхом, вереском...

Но вдруг моё опьянение красотой прервало быстрое резкое движение чего-то маленького возле ног. Я посмотрела вниз и увидела удивительное животное, похожее на ягнёнка. Я огляделась, но никого больше не увидела. Опустившись к малышу, я погладила его пушистую кучерявую шёрстку. Видно было, что ему это очень нравится. Он прильнул ко мне и сомкнул на мгновение глазки, нежась от моих поглаживаний. Затем вдруг отскочил в сторону и, как бы зовя меня за собой, быстро поскакал маленькими прыжками в глубину леса. Я побежала за ним и увидела, как он запрыгнул в густые заросли огромного цветущего кустарника.

Раздвигая плотно сплетённые ветви, я постаралась пролезть туда. Внутри было темно и очень тесно. Я начала его звать, искать глазами, но так и не нашла. Он исчез.

Чувствуя какую-то невероятную, манящую меня энергию, я начала двигаться вперёд. Чем дальше я пролезала, тем более и более узким становилось пространство вокруг меня, тем плотнее и плотнее сплетались ветки. Впереди я увидела слабое свечение, еле проглядываемое сквозь густые заросли. Я сразу поняла: это именно то, зачем я тут оказалась, именно то, от чего идёт эта, манящая меня, энергия.

Царапая руки о тонкие ветки, я пробралась ближе и увидела: там, впереди, уже совсем недалеко, лежит нечто странное — от него и исходит свечение. Было страшновато от неизвестности и непонимания, что же я там обнаружу, но любопытство захватывало всё больше.

Наконец-то я пробралась настолько близко, что оставалось только раздвинуть некоторые ветки впереди, которые, как полупрозрачная ширма, отделяли меня от светящегося пятна. Я собралась с духом и очень аккуратно, как можно тише, отодвинула ветви с одной стороны.

Это был шок! Я даже закрыла рот ладонью, чтобы случайно не закричать от удивления и не потревожить спокойствия и умиротворения того чудесного, что открылось моему взору.

В небольшом пространстве, окружённом со всех сторон плотными зарослями высокого кустарника, на земле лежало, сплетённое из корней и веток, огромное гнездо, в котором тихо-мирно спал Ангел.

Никогда ничего более благостного в своей жизни я не видела. Я долго стояла и не могла пошевелиться, заворожённая чудом. Я даже боялась дышать, лишь бы не разбудить прекраснейшее создание.

Подсмотренное чудо

Я разглядывала его... меня окутывала невероятная нежность...

Ангел был настолько чудесен, что мне не найти слов для его описания. Крылья его были бело-золотистые — и в то же время переливались разными оттенками светло-изумрудного и фиолетово-бирюзового. Волосы Ангела были длинные, переплетённые тонкими стеблями с листвой и цветами. Он лежал на одном крыле, накрывшись другим, словно большим одеялом; мягкое золотое свечение исходило от него, заливая всё гнездо и пространство над ним...

Я была очарована. Долго любуясь увиденным чудом, я думала: «Как же так? Всем известно, что Ангелы не спят! Они всегда рядом и всегда на страже. Почему же это небесное создание спит, да ещё так сладко, создав себе на земле уютное гнёздышко?»

Только я подумала об этом, как в голове прозвучал ответ: «Это Ангел Земли: того чудесного мира, в котором ты здесь и сейчас находишься. Он спит так сладко, ибо знает: миром правит любовь. Опасности нет. Ничто не угрожает сей прелестной Земле и её обитателям. Ангел может позволить себе отдых».

Я долго любовалась сном Ангела и думала, какое же он чудесное чудо... Любовалась и сожалела о том, что Ангелы нашего мира, увы, пока не могут себе позволить отдохнуть — слишком уж много у нас несовершенств! Я вздохнула так громко, что едва не разбудила его.

Птицы Вселенной моей

Возвращаясь назад, я несла в сердце невероятное тепло и надежду на то, что однажды так хорошо будет и в нашем мире. И мы сможем хоть иногда наблюдать, как сладко спят Ангелы нашей с вами планеты.

ПОЛЁТ

НЕ ВСЕ СЕАНСЫ ПОЮЩИХ ЧАШ переносили меня в другую реальность. Были и такие, когда я просто засыпала или видела лишь быстро мелькающие эпизоды, неизвестных мне персонажей либо какие-то отдельные символы. Но я расскажу только о тех случаях, когда я вновь попадала в свой чудесный мир.

Следующий сеанс, о котором я поведаю, совсем не был похож на предыдущие. Он отличался тем, что хотя я и переместилась снова в другую реальность, в тот самый прекрасный мир, но чувствовала себя и пространство по-иному. Переместившись, я увидела всё как будто бы сверху и не сразу догадалась, что на сей раз я не человек, а птица. Птица, парящая высоко в небе. Но буквально через мгновение пришло это осознание: я почувствовала, я увидела себя летящим высоко над землёй ястребом. Мои крылья были распахнуты; я-ястреб ощущала, как потоки воздуха, поддерживая их, несут тело над золотым полем ржи, над зеленеющим лесом, над горами, реками, озёрами... Сверху всё это казалось необыкновенным.

Через некоторое время я-ястреб почувствовала себя смелее и начала лавировать из стороны в сторону, наслаждаясь полётом. Я чувствовала своё тело: не крупное, но очень крепкое, ощутила большие крылья и даже своё оперение, слегка трепещущее от воздушных потоков.

Объяснить точнее свои ощущения я вряд ли смогу: а если коротко, то это было что-то особенное, не передаваемое человеческим языком. Совершенно не сопоставимое с тем, как мы чувствуем себя, будучи человеком. Ощутить себя в теле птицы, да ещё в момент полёта — истинное чудо!

Всё, что мне хотелось тогда, — лететь! Лететь дальше и дальше, любуясь всем, что я видела под собой. Восхищению от красоты мира, увиденного мной сверху, да ещё и глазами птицы, которыми я могла разглядеть даже самые мелкие детали с огромного расстояния, не было предела! Мне не хотелось ни о чём думать: хотелось просто парить и па-

Полёт

рить, ощущая потоки воздуха на всём теле — что я и делала, и довольно долго.

Величественные фиолетово-синие горы подо мной простирались так далеко, что не видно им было ни конца, ни края. Между ними, кое-где поблёскивая на солнце, протекали змеевидные реки, переливались яркой лазурью горные озёра. Солнце светило пьянящим сиянием, от которого всё вокруг казалось бархатным. Затем я-ястреб опустилась немного ниже и летела на уровне гор в поисках удачного приземления. Увидев справа от себя часть скалы, выпирающей над большим каньоном, я ловко повернула направление полёта в её сторону и приземлилась. Сразу же ощутив сильными лапами тепло камня, согретого солнцем, я мгновенно почувствовала их вместо ног. У самого края скалы передо мной открывался совершенно потрясающий вид. Необъятное пространство чудесного мира. Простор и красота увиденного завораживали, наполняя грудь счастьем и благодарностью.

«Как же я люблю этот мир! Как я счастлива быть в нём!» — подумала я.

Полюбовавшись и немного отдохнув, я снова взмыла в небо и полетела в сторону золотого поля, еле различимо видневшегося вдали. По мере приближения поле становилось всё более ярким. Сверху было невероятно захватывающе смотреть на то, как рожь, переливаясь золотом, мягко колышется от ветра.

Несколько минут я-ястреб просто парила над полем, в потоках воздуха, наслаждаясь чувством

Птицы Вселенной моей

невесомости и свободы. От воздушных потоков в ушах немного звенело, но постепенно я начала слышать звуки природы внизу. Рожь шуршала, шепча о чем-то своём, лес издавал свой чарующий шум. Стрекоча невероятно громко, соревновались с остальными звуками невидимки-цикады.

Когда я-ястреб была уже примерно над серединой поля, пришлось внезапно спикировать вниз и очень быстро приземлиться в высокую рожь, моментально обернувшись самой собой: той самой, которая привыкла видеть себя в этой чудесной реальности, в длинном платье с широкими рукавами, с распущенными золотистыми локонами волос.

Я не сразу остановилась, а ещё немного бежала по полю с распахнутыми, как крылья, руками, и лишь через несколько минут перевела бег в спокойный шаг.

Остановившись, я вдохнула полной грудью и подняла взгляд ввысь, где только что летала птицей. Ещё несколько ястребов и каких-то других птиц парили в тот момент над полем. На небе не было ни единого облака. Солнце заливало всё вокруг светом. Я вдыхала тёплый воздух, пропитанный запахом ржи, трав, цветов, и наслаждалась радостью, заполнившей всё моё сердце.

Очнувшись от видения, я снова ощутила себя в пространстве, где проходил сеанс. Я не сразу открыла глаза. Мастер доигрывала на чашах последние волшебные звуки. Моё лицо и сердце улыбались широкой счастливой улыбкой, а тело казалось таким лёгким, будто всё ещё парило в невесомости. Я мысленно перевела внимание на руки и, пошевелив пальцами, вспомнила ощущение, которое чувствовала, когда руки были крыльями.

Сеанс закончился. Не выдержав и нескольких секунд, я вскочила со словами:

— Я была птицей! Ястребом! Представляешь? Парила над своим чудесным миром: тем самым, в который всегда попадаю! — Меня переполняли эмоции.

— Хорошо, дорогая, — с обычным спокойствием ответила моя милая «фея».

— Полежи хоть несколько минут, чтобы тело окончательно заземлилось.

Сказав это, она вышла из комнаты. Но я ведь не могла спокойно лежать! Меня переполняли эмоции от ощущения настоящего полёта, который только что со мной произошёл.

Посидев немного, я вскочила, распахнула в стороны руки и, подняв голову, вдохнула полной грудью: как тогда, на поле, после приземления. Моментально закружилась голова и я еле успела присесть обратно.

«Вот это да! Не стоит резко вставать после полётов!» — Подумала я и сама над собой засмеялась.

Нашу встречу мы закончили традиционным чаепитием и разговорами о том, что сегодня происходило со мной во время сеанса.

Мастер, как всегда, была невозмутима, но даже она восхищалась тем, что со мной приключается во время её игры на чашах.

До самого вечера я чувствовала себя невероятно легко и свободно. Казалось, ощущение полёта перенеслось со мной из той реальности в эту.

Я продолжала периодически вдыхать полной грудью и, распахивая руки в стороны, представлять, что парю высоко над землёй. Или даже не представлять, а вспоминать все ощущения и чувства, которые испытала, будучи ястребом, ведь в голове и сердце у меня жили реальные воспоминания о фантастическом полёте, совершённом мною над прекрасным миром в теле птицы.

ВЫЗЫВАЮЩАЯ ДОЖДЬ

ПУТЕШЕСТВИЕ В МОЙ ЧУДЕСНЫЙ МИР на этом сеансе оставило у меня одно из самых ярких впечатлений. Впоследствии воспоминания о нём способствовали созданию одной из моих любимых картин.

На сей раз всё снова началось как обычно, а примерно в середине сеанса я переместилась в другую реальность, в свой любимый прекрасный мир.

Как чаще всего бывает, я сразу очутилась на поле ржи. Но то, что я увидела, повергло меня в шок. В небе и на земле ощущалась невероятная тревога. Всё вокруг не выглядело прекрасным, как раньше. Напротив, природа казалась пожухлой и безжизненной.

Рожь на поле перестала быть золотой и сияющей. Она была высохшей, местами совсем завалилась на землю и почти превратилась в солому. Лес вдалеке смотрелся так, как будто ни в кронах, ни в стволах деревьев больше нет жизни.

Ни свежести воздуха, ни яркости красок. Всё серое и умирающее. Над полем кружили птицы, но в их полёте ощущался страх и тревога.

«Что случилось с миром, с моим чудесным миром?» — Запаниковала я и моё сердце охватили страх и боль.

Вдали я увидела надвигающуюся серо-синюю тучу и пошла ей навстречу, стараясь как можно реже ступать на стелющуюся по земле полузасохшую рожь.

Внезапно я остановилась и резко подняла над головой руку, в которой неизвестно откуда оказался большой бубен. В другой руке я держала тяжёлую палку-колотушку, которой начала ударять в бубен, делая при этом странные телодвижения.

Постепенно мои удары колотушкой и движения учащались: всё начинало походить на какой-то шаманский танец. Чем сильнее я ударяла в бубен, тем быстрее приближалась огромная туча, обещая шторм.

Ветер дул с невероятной силой. Видно было, как деревья в лесу нещадно гнулись. Коричнево-серое поле ржи, казалось, превратилось в бушующее море. Я пребывала в весьма странном состоянии. В голове звучал громкий пугающий гул, не дающий

Вызывающая дождь

хода мыслям. Я пыталась понять, что происходит, что я делаю, но тщетно. Гул только усиливался — от этого я чувствовала боль в ушах.

Спустя некоторое время пришло осознание, что я вызываю дождь! Но не простой дождь... Подняв бубен ещё выше и ударяя в него с неимоверной силой, я взывала к Высшим силам с мольбой спасти мир, в котором поселилась беда. Я чувствовала, что по каким-то причинам из мира ушла любовь — и постепенно уходила сама жизнь.

Всё живое погибало от засухи, вызванной нехваткой любви. Я взывала о помощи и молила богов пролить на мир дождь, в каждой капле которого — море любви. Молила богов, дабы напоить любовью всё живое и спасти мой чудесный мир.

Через мгновение небо разразилось громом, а земля под ногами затряслась так, что я чуть не упала, потеряв равновесие.

С небес — огромными каплями, превратившимися вскоре в потоки, — хлынул дождь. Я опустила бубен и стояла, счастливая, подняв голову к небу. Дождь хлестал по лицу с невероятной силой. Платье моментально промокло и, став тяжеленным, потянуло меня вниз, к земле. Но я стояла, как вкопанная, как гора, ощущая неистовую силу во всём теле; казалось, чем больше меня заливает дождь, тем увеличивается в разы моя сила.

Ничего вокруг не было видно из-за плотной стены дождя. Шум воды, льющейся с неба, заглушал любые звуки. Счастью моему не было предела, оно разливалось по венам вместе с кровью. В какой-то момент мне показалось, что я становлюсь мощным великаном, силе которого нет равных.

Не знаю, как долго это продолжалось, но казалось, что прошла вечность до того момента, когда дождь вдруг резко стал утихать и последние капли, летящие с неба, уже были наполнены солнцем, разорвавшим тучи мощными лучами и озарившим всё вокруг теплом и светом.

Мгновенно всё ожило. Раздалось пение птиц, рожь поднялась и выпрямилась. Наполненная жизнью, она засверкала золотом на солнце. Лес засиял всеми оттенками зелёного и голубого. Вдали ярким ультрамарином переливались величественные горы. Тучи совсем исчезли, от яркости лазурного неба слепило глаза.

Я удивилась: одежда и волосы совсем сухие, будто и не было никакого ливня... Руки мои были свободны: бубен и колотушка исчезли незаметно, как появились. Мне не хотелось уходить. Я долго гуляла по полю, вдыхая кристальный воздух, захватывая в объятия золотую рожь, как будто она — живая.

Любуясь без устали на обновленную красоту мира, я сожалела лишь о том, что нет со мной друга-мольберта с холстом и красками, а значит, не суждено запечатлеть это великолепие.

Невероятная, неописуемая любовь к этому миру наполняла каждую клетку моего тела и расширялась тёплым сияющим светом счастья в глазах и в сердце.

Вызывающая дождь

— Благодарю... — произнесла я, подняв голову к небу. — Благодарю. Благодарю! Благодарю!! Люблю, благодарю!!!

Очутившись снова в нашей обычной реальности, лежавшая в свете свечей и в окружении волшебных чаш, я осознала, что в комнате никого нет. Сеанс закончился. Моя «фея» неслышно исчезла, решив меня не тревожить.

Я лежала, ощущая такое спокойствие и умиротворение, что не хотелось двигаться, лишь бы не спугнуть... Минут через десять я всё-таки поднялась и, вытирая слёзы счастья (а может, капли дождя?), пробежалась глазами по чашам, мысленно благодаря их, и вышла из комнаты, затушив свечи.

Дальше — как всегда: чай, разговоры и подробный рассказ о том, что сегодня со мной приключилось.

Мастер, как всегда, внимательно слушала и почти всё время молчала, но я понимала: мои приключения удивляют её не меньше меня. Когда же я вышла на улицу, чтобы проводить её, остолбенела от увиденного — на вечно сияющее, чистейшее небо надвигалась огромная черничная туча, совершенно не вписывающаяся в погоду нашего региона.

Мастер посмотрела на меня с улыбкой:

— Ну, спасибо тебе! Вызывающая дождь! Вызвала-таки! А мне ещё в клуб на урок ехать!

Мы засмеялись, но каждая из нас почувствовала, что в этом нет никакой шутки.

Только она уехала, грянул гром и начался такой ливень, подобного которому я не припомню в нашем сухом климате.

Я стояла во дворе своего дома с поднятой головой, счастливая от ощущения живой воды, льющейся с неба на лицо, и шептала:

— Благодарю... Благодарю... Благодарю! Люблю, благодарю!

С тех пор эти слова стали для меня мантрой.

БОГ В ДЕРЕВЬЯХ

«Счастлив человек, любящий деревья. Большие, свободные, дикорастущие там, где посадила их бесконечная сила, вдали от человеческого ухода. Всё дикое, естественное, ближе к природе, к Вселенной. Оно чище вдыхает духовный ритм бесконечного.

Вот почему нас охватывает невыразимая радость среди дикой природы в лесу, в горах, вообще где нет следа человеческой культуры. Мы вдыхаем эманацию, беспрерывно струящуюся из деревьев, скал, птиц, из всех разновидностей бесконечного! Она исцеляет и обновляет! Она живительнее воздуха!

> «Счастлив человек, глубоко и преданно любящий дикие деревья, птиц и зверей как равных себе, зная, что и они дарят ему ценное за его любовь. Мы являемся представителями одной части бесконечного сознания, а деревья — другой. Дерево — живая мысль Бога, достойная нашего внимания. В нём заключается недостающая нам мудрость».
>
> «Космическое сознание», 1995
> (глава «Бог в деревьях»)

ТАК ВЫШЛО, ЧТО ДЕРЕВЬЯ в моей жизни и творчестве занимают большую нишу. Это началось давно. Я стала рисовать их, правда, сама уж не помню точно, по какой причине. Да и причины никакой не было, думаю. Просто, как обычно это бывает у художников, *пришло само* неизвестно откуда и вылилось на холст, красками.

Постепенно эта тема начала развиваться. Я создавала деревья в разных стилях и техниках, пока не пришла к образу священного символа Мирового древа.

Как потом я осознала, всё это было неслучайно. Именно сеансы тибетских чаш снова помогли найти ответ и дали подсказку, но об этом немного позже.

К теме Мирового древа я обратилась несколько лет назад, работая над созданием серии символистских картин: некоторые из них навеяны мифологическими сюжетами.

Бог в деревьях

Огромное количество интереснейшей информации таит в себе мир мифологии! Информация эта раскрывается постепенно. Как дорога, которую не видишь сразу полностью, но, шагая по ней, ты замечаешь продолжение и идёшь всё дальше — и с каждым шагом открываются всё новые и новые тайны, новые слои, новые глубины необъятной темы.

Тогда-то символизм Мирового древа и открылся для меня в более полном понимании, чем те поверхностные знания, которыми я владела раньше.

Сложив представление об основной концепции этого священного символа, я сотворила своё Мировое древо — картину в стиле той коллекции, для которой её создавала. Тогда я ещё не знала, что меня ждёт впереди, но это было лишь начало.

Начало моих глубоких, сакральных отношений с деревьями.

На очередном сеансе тибетских чаш мне было послано нечто ценное.

Во время сеанса я совершенно ничего не видела. Это было очень странно! Обычно, если я даже не попадала в свой чудесный мир, я видела много отдельных сюжетов либо каких-то образов.

На сей же раз я лежала целый час, так ничего и не увидев, не переместившись в другую реальность и даже не почувствовав никаких особых ощущений в теле. Я не понимала, почему так происходит, но всё, что я тогда видела, — пустота, чёрная беззвучная пустота... Это расстраивало меня, но всё же я понимала, что сеанс важен и старалась сохранять спокойствие и расслабленность.

В самом конце сеанса, буквально за минуту до затухания звука последней чаши, очень неожиданно и резко из этой темноты на меня как будто «выбросили» образ дерева. Не знаю, как точно описать, но было ощущение, будто мне поставили некий штамп на лоб... штамп с изображением символа дерева! Именно символа. Это было не просто дерево, какие мы привыкли видеть в природе. Это было чёрно-белое графическое изображение дерева с корнями: такое, какое мы можем встретить, например, на оберегах-подвесках.

Бог в деревьях

Тогда в жизни моей семьи происходили некоторые изменения: мы переезжали в другую страну, покидая на время арабские земли.

За суетой, связанной с переездом, признаться, я даже подзабыла о последнем сеансе и о том, что увидела. Мы начали жить в новой стране, где, пройдя небольшой период адаптации, я вновь ушла с головой в творчество.

Вспомнила же об этом видении, лишь когда пришло понимание: тема деревьев меня буквально преследует. Она фактически полностью захватила мои работы, как будто через картины кто-то хотел донести до меня, а может, и до всех нас, нечто особенно важное...

Наступил момент, когда деревья «полились» из меня фантастичным потоком. А вместе с этим — и поток информации о символизме дерева и его сакральных силах, причём из разных источников. Это мог быть фильм, который мне вдруг советовали посмотреть. Либо книга, в которой я неожиданно читаю о деревьях. Или научная статья... Или моментальный кадр, увиденный в социальных сетях — и так далее.

Чем больше я писала деревья, тем больше во мне расширялось странное чувство — ощущение того, что я пишу не столько деревья, сколько саму жизнь. Пожалуй, невозможно передать словами, что именно я чувствовала. Меня охватывало ощущение чего-то необъяснимого, необъятного, чего-то за пределами привычного понимания жизни и мироустройства.

Помню, как в процессе создания одного дерева (крупный холст, масло) я увидела, что по его стволу и ветвям циркулирует кровь, как по нашим сосудам и венам... Шок! Ноги подкосились, я пошатнулась. Было ощущение и видение, что все ветви, ствол, всё дерево целиком, вся картина — пульсирует, как живой организм.

Именно в тот момент ко мне пришли особые знания и все они — истина.

Сначала пришло знание, что это мы, вся наша жизнь. Жизнь каждого по отдельности — и как единое целое. Мир каждого человека, у которого есть корни (предки). Течение нашей жизни, которое, как ствол дерева, устремляется вверх, развивается.

Мы бесконечны! Семя, принесённое ветром в нужную землю, зарождает новую жизнь, новое дерево.

Сначала мы маленькие расточки — тоненькие, хрупкие. Но мы растём и крепнем. Наша крона обрастает новыми ветвями. Ветви переплетаются — как в жизни переплетаются наши пути, наши судьбы, встречи и события, ведущие дальше, к новым ветвям, новым переплетениям, событиям и встречам... Но потом пришло ещё более широкое осознание того, что дерево — это всё. Модель жизни в целом. Это наши внутренние миры — материальные и духовные. Это наша земля, вся структура жизни на ней. Это вообще всё! Всё, что существует во Вселенной.

Бог в деревьях

Пришло ещё одно интересное знание о том, что для планеты и нашей жизни на ней деревья несут невероятно важную функцию особенных порталов, через которые циркулируют две энергии: Земли и Космоса. И это колоссально необходимый обмен энергиями для всего мироздания!

Знаю, как сложно многим поверить в такие вещи, а тем более осознать их. Знаю, потому как сама прохожу путь понимания, осознания и принятия: порой очень непросто и очень не быстро. Но настаёт момент, когда, наконец, приходит вера в то, что это всё не просто «странные фантазии».

Признаюсь: мне очень помогают прийти к этому осознанию. А чтобы я не сомневалась, буквально посылают подтверждения. Как я уже говорила, в виде информации, идущей из самых разных источников. Один из ярких примеров подтверждения истинности моих осознаний касательно деревьев был представлен в экспозиции огромной, всемирно известной выставки — «ЭКСПО 2020» в Дубае. Когда я увидела *это*, не было предела моему счастью! Это было объёмное видеоизображение дерева, по стволу которого циркулируют две энергии...

Многие учёные, направившие свои силы на изучение деревьев, путём многолетних исследований приходят сейчас к невероятным выводам и открытиям. Эти открытия показывают нам, как же долго мы заблуждались, не воспринимая всерьёз окружающую природу и уничтожая деревья, особо не задумываясь, какой вред наносим тем самым и планете, и самим себе.

Я точно знаю: некие Высшие силы подвели меня к пониманию. И это тоже был путь, открывающийся постепенно, шаг за шагом... И я чувствую, знаю, верю: за этим стоит важнейшая, глубинная истина, к которой я должна прийти. Та, которую я сама должна полностью осознать — и, может быть, привести к ней других.

Вскоре после дивных открытий — уже на другом сеансе тибетских чаш — я снова очутилась в своей другой реальности. Я стояла спиной к краю огромного обрыва, ощущая за собой необъятное пространство мира, наполненного красотой и величием; впереди же простиралось поле с ошеломительными цветами. Передо мной стоял мольберт с большим холстом, на котором я писала дерево. И чем больше писала, с каждым прикосновением кисти к холсту, с каждым новым мазком вокруг меня вырастали живые деревья!

Нет слов для того, чтобы передать ощущение грандиозности происходящего вокруг и внутри меня...

После этого сеанса и родилась моя маленькая традиция: с каждой проданной картины с деревьями я покупала и сажала деревья живые.

Бог в деревьях

Я не знала точно, как правильно трактовать увиденное во время того сеанса, хотя, конечно, понимала: в моём видении заложен очень глубокий смысл, который, возможно, мне ещё лишь предстоит осознать. Но и в таком простом, более очевидном для меня смысле, мне показалось это тоже очень важным, ведь огромное количество деревьев постоянно гибнет на нашей планете от лесных пожаров и от рук человека. Понимаю, конечно: два-три дерева, посаженные мною периодически, — это всего лишь маленькая капля, но «что есть любой океан, как не множество капель?» — написал Дэвид Митчелл в романе «Облачный атлас». Ещё раньше примерно то же самое было сказано Матерью Терезой: «Мы сами чувствуем: всё, что мы делаем, — это капля в океане. Но океан будет меньше без этой капли».

Многие привыкли жить поверхностно, принимая всё как данность, не задумываясь особо о смыслах. Большинство, увы, живёт в таком ритме, что совершенно некогда глубоко задуматься о чём-либо, не говоря уж о смысле бытия.

Но не так всё просто! Если понимать это, если думать над этим, замечать глубину жизни, её духовное, высшее предназначение, то она — жизнь — начнёт раскрывать нам свои тайны и смыслы.

Мне кажется, в этом и есть наша миссия. Миссия наших душ здесь, на земле. Познать глубины жизни, мира, который нас окружает... Научиться чувствовать его всем нашим сердцем...

Наша жизнь есть путь. Путь к осознанию. И хочется думать, что большинство рано или поздно к нему придёт. В этом-то и состоит высший замысел Творца.

Об этом написано огромное количество книг и мне не стоит углубляться в «вечные темы». Я пишу о своём: о том, чем не могу не поделиться с вами, дорогие читатели. Впрочем, если вы внимательно читаете, то понимаете: моя книга о том же самом, только другими словами — и образами.

Но давайте же вернёмся к теме этой главы под названием «Бог в деревьях»...

Мы с семьёй, путешествуя однажды по Черногории, решили погулять вокруг Биоградского озера, находящегося в межгорной котловине ледникового происхождения.

Это невероятно живописное озеро, окружённое волшебным, не побоюсь этого слова, лесом. Он действительно кажется волшебным из-за огромных многовековых деревьев с торчащими витиеватыми корнями, заросшими пушистым зелёным мхом, под которыми, думается, живут гномы и другие сказочные существа... По всему лесу разбросаны большущие булыжники, тоже покрытые мхом: глядишь — отвернёшься, и они тут же превратятся в смешных ворчливых троллей!

Неторопливо гуляя в сказочном лесу, разглядывая, по обыкновению, жучков и ящериц, я немного отстала от своих. А оказавшись совсем рядом

Бог в деревьях

с одним из старейших деревьев, почувствовала: меня буквально магнитом притягивает к широкому стволу! Это ощущалось даже на простом физическом уровне. Я поддалась притяжению и, прислонившись к дереву всем телом, вдруг почувствовала, как будто что-то начало закручиваться где-то внутри лба. Я закрыла глаза и увидела нечто похожее на космическое пространство со множеством звёзд, закручивающихся в светящуюся от их света спираль. В этот же миг я услышала внутри себя голос:

— Я расскажу тебе! Смотри! Внутри меня — целая Вселенная!

Меня охватила дрожь и невероятное чувство чего-то грандиозного, чего-то настолько великого, что совершенно нами не познано и выходит за пределы человеческого сознания.

Я слышала, как меня зовут мои близкие, ушедшие далеко вперёд, но не могла пошевелиться и разорвать космическую спираль, связавшую моё тело и мой разум с прекрасным деревом.

Я стояла так, пока ко мне не подбежал мой сын...

Вот такая история: с тех пор я часто обнимаюсь и разговариваю с деревьями!

«Из всех, кого я знаю, лишь деревья любят подобные объятия. Знаете, такие, где вы сжимаете очень сильно. Действительно сильно. Я имею в виду — очень-очень сильно. Нет, не просто сильно, а очень, очень, очень сильно. Так, что уши краснеют. Вот это объятия! Только деревьям нравятся так обниматься! И мне!»

«Выходные с пьяным Леприконом,
или Как найти свою радость»
Клаус Джоул

ВОЛШЕБНЫЙ ЛЕС

СЕАНС, О КОТОРОМ Я РАССКАЖУ СЕЙЧАС, тоже был особенным. На сей раз я легла, как всегда, на приготовленное ложе и, быстро расслабившись, почему-то начала засыпать. Я заснула и, как мне думается, проспала бы всё время сеанса, но кое-что внезапно потревожило мой сон. Проснулась я от того, что кто-то открыл дверь и вошёл в комнату.

Мастер продолжала играть на поющих чашах, не останавливаясь, а я подумала: наверное, кто-то из домашних случайно открыл дверь, но поняв, что не вовремя, решил нам не мешать.

Птицы Вселенной моей

Я лежала, не открывая глаз, но немного взволнованная от того, что нас чуть не прервали. Спать больше не хотелось. Пока я снова уходила всем телом в расслабление, увидела внезапно светящийся диск, который постепенно приближался ко мне и по мере приближения светился всё ярче и ярче. Спустя мгновение я поняла, что это солнце. Оно буквально надвигалось на меня... я чувствовала исходящее от него тепло. Затем в моих глазах произошла вспышка яркого света и я вдруг снова оказалась на прекрасном поле золотой ржи.

Радости моей не было предела! Уже довольно давно мне не удавалось переместиться в мой дивный мир... я даже начала переживать, увижу ли его снова.

Оглядевшись, я с удовольствием отметила, что тут всё как обычно... точнее, всё, как обычно, прекрасно! Вдалеке зеленел мой любимый лесок и я, конечно, сразу пошла в его сторону по направлению к природному тоннелю, который тут же издалека заприметила. Войдя в тоннель, я тотчас разглядела еле заметный свет и с радостью от того, что знала, кто меня ждёт, смело двинулась вперёд. Подходя всё ближе к выходу, я всматривалась в яркие лучи света в конце тоннеля, стараясь изо всех сил увидеть в них любимый силуэт, но увы: как ни старалась, не могла.

Меня сильно беспокоило и расстраивало, почему меня не встречает мой прекрасный друг, мой белоснежный красавец! Сердце замирало от мысли, что с ним могла случиться беда. Я уже почти подо-

Волшебный лес

шла к выходу, как неожиданно из яркого света в тоннель вошёл некий большой человек и протянул руку, приглашая меня пойти с ним.

Это был очень необычный на вид мужчина. Вместо одежды на нём громоздилось огромное количество зелёной растительности. Листья, ветки, травы, цветы... какие-то корешки... Казалось, всё это не столько надето на него, сколько прорастает прямо из его тела! Даже из ушей торчали тоненькие веточки с маленькими листиками. При этом он не выглядел лесным чудовищем, наоборот: был невероятно красив и даже светился каким-то особенным зеленовато-бирюзовым свечением.

Его глаза излучали добро и я, не сомневаясь, взяла его руку. Он вывел меня из тоннеля очень быстро сквозь сияющий свет — так мы очутились в чудесном лесу. Никак иначе не могу охарактеризовать его, так как он казался действительно чудесным, волшебным. Всё вокруг переливалось радужными красками — деревья, кусты, раскинувшийся веерами папоротник, пушистый мох, застилающий землю, словно мягкий ковёр. В воздухе парили разноцветные пылинки, переливаясь и мерцая в сиянии лучей солнца, россыпью сочившихся сквозь ветви высоких деревьев.

Мы продвигались вперёд и я, услышав звуки чарующей музыки, заметила небольшую, залитую солнцем, полянку между деревьями, по направлению к которой, видимо, и вёл меня лесной человек. Не могу передать восхищения, которое я ощутила, войдя в это пространство! Всё, что я видела, можно было назвать совершенно необыкновенным. Всё это зачаровывало мой взор и моё сердце, а самое главное — вокруг полянки стояли дивные существа, кажущиеся наполовину людьми, наполовину некими волшебными созданиями. Все они были наряжены в невероятные костюмы, сотканные из трав и цветов, листьев и веточек. У одних в руках были прелестные музыкальные инструменты — флейты, арфы, свирели, скрипки... Другие, парящие над травой, танцевали в воздухе изумительные танцы.

Зрелище не могло не завораживать. Зелёный человек подвёл меня к большому дереву, корни которого были похожи на природный трон, и предложил присесть. Радостно усевшись, я расправила своё длинное платье и кивнула с улыбкой, благодаря.

Только я расслабилась и настроилась наслаждаться чудесным лесным представлением, как вдруг почувствовала нечто удивительное. Мои руки, а затем и всё тело, начали переплетать тоненькие веточки вперемешку с травами и стеблями, усыпанными бутонами, на глазах распускающимися нежными благоухающими цветами.

Было ощущение, что я врастаю в корень и ствол дерева, на котором сижу, а сквозь меня прорастает невероятной красоты природа. Я становлюсь частью этой чудесной лесной полянки... Частью волшебного леса...

Зачарованная происходящим, в какой-то момент я вдруг увидела мелькающего между прекрасными танцующими существами своего милого однорогого друга. Я улыбнулась от радости и облегчения, понимая: с ним всё хорошо, он тоже является частью волшебного лесного праздника. Прекрасное существо, похожее то ли на лесную нимфу, то ли на фею цветов и трав, поднесла мне большую золотисто-бронзовую чашу, до краёв наполненную водой. Я взглянула на воду и увидела в отражении лицо милой девочки лет семи. Она смотрела на меня, улыбаясь, её сияющие зелёно-серые глаза светились невероятной радостью и счастьем, будто она только что получила желаемую куклу в подарок.

Постепенно лицо девочки исчезло — я просто увидела своё отражение. Удивительно, как смешно расплывалась улыбка на моём лице, словно я была опьянённая всеми этими чудесами! Через несколько секунд я заметила, что моё лицо в отражении меняется. Вот оно взрослеет... Вот разбегаются мелкие морщинки... Вот в глазах и улыбке появляется ощущение невероятного спокойствия и умиротворения... А вот и золотистые волосы постепенно как будто покрываются инеем!

Я поняла, что вижу себя постаревшей. Добрый мягкий взгляд, смотрящий на меня-молодую из отражения в чаше, говорил:

— Всё прекрасно! Будь спокойна, ничего не бойся. Всё прекрасно!

Затем вода в чаше слегка всколыхнулась, и я снова различила своё обычное отражение.

Конечно, я поняла, что увидела три возраста себя самой. Девочка — беззаботный ребёнок, верящий в чудеса. Я теперешняя, уже достаточно взрослая, прошедшая большую часть пути, и всё же — верящая в чудеса. И ещё одна я — старушка со спокойным счастливым взглядом, радостным от понимания того, что не зря всю жизнь искренне верила в чудеса.

То, что я увидела, тронуло меня до глубины души. Прекрасная нимфа предложила мне отпить воды из этой чаши и я, покорившись без сомнений, сделала несколько глотков. Затем она омыла кисти моих рук этой водой и мои ступни, а после вылила остатки воды из чаши под корень дерева, на котором я сидела.

Весёлый праздник продолжался: я наслаждалась им, но постепенно начала чувствовать, что всё перед глазами плывёт, как в тумане, — музыка убаюкивала.

Я не успела окунуться в сон, так как двое больших зелёных людей взяли меня с двух сторон за руки и повели очень быстро сквозь лесную чащу, уводя с сияющей полянки всё дальше и дальше. Ухо-

Волшебный лес

дя, я оглянулась и ещё раз мельком увидела моего прекрасного Единорога, смотрящего на меня вместе с другими сказочными существами. Они провожали меня, улыбаясь вслед.

Двое зелёных людей привели меня к тоннелю и, немного пройдя со мной в глубь, внезапно бесследно исчезли.

Я вышла из тоннеля с лучистыми глазами... и с огромным букетом цветов и трав: откуда только он взялся?.. Пройдя немного вперёд по полю, я обернулась на лес и увидела исходящее радужное свечение откуда-то из середины. До меня едва доносились звуки чарующей музыки... Мне так хотелось вернуться назад, но я понимала: уже пора, пора возвращаться. Вдыхая пьянящие ароматы огромного букета, я пошла по золотому полю, отдаляясь всё дальше и дальше от волшебного леса.

Я шла и думала: «Какой же я счастливчик! Со мной происходят совершенно уникальные вещи! Как же хочется поделиться этим счастьем с другими... Рассказать всем о моих прекрасных приключениях. О том, что я видела и чувствовала... О том, что, оказывается, с нами могут происходить невероятные чудеса, способные разукрасить нашу и без того интересную жизнь ещё более яркими, необыкновенными, счастливыми красками!»

Но, к великому сожалению, на тот момент я могла поделиться эмоциями лишь с одним человеком, который способен понять, поверить и разделить со мной радость.

Птицы Вселенной моей

А вот теперь, когда я стала свободна, как все те птицы, парящие над моим прекрасным золотым полем ржи, легко и ни в чём не сомневаясь, я делюсь с вами откровениями о невероятных путешествиях моей души... Делюсь необъятным счастьем, которым наполнено моё сердце: в жизни так много чудесного!

После сеанса я поинтересовалась у мастера, кто заходил к нам в комнату. Она удивилась, покачав головой, и уверила в том, что никого не было. Это показалось мне очень странным, ведь я чётко слышала: дверь открывалась. Может быть, кто-то невидимый специально разбудил меня, чтобы помочь мне вновь переместиться в чудесный мир?

ВОДА

В ЭТОЙ ГЛАВЕ РЕЧЬ ПОЙДЁТ о сеансе, на котором я начала ощущать нечто чудесное, происходящее с моим телом ещё до того, как перенестись в другую реальность. В момент расслабления я вдруг почувствовала, что моё тело отделилось от поверхности пола и, немного поднявшись, зависло в невесомости. Ощущения были ошеломляющими! Я запаниковала: как такое может быть?! Проверяла себя: может быть, мне это только кажется? Тем не менее всё подтверждало мои ощущения...

Дух захватывало, но я очень старалась не нарушать состояние невесомости тела, будто парящего в воздухе: с этими ощущениями и перенеслась в свой чудесный мир.

Оказавшись по пояс в золоте ржи, я вдохнула полной грудью свежесть воздуха и, оглядевшись, снова направилась к лесному тоннелю. Подойдя ближе ко входу, я вдруг почувствовала прохладный и несколько влажный поток воздуха, идущий из тоннеля, чего раньше никогда не ощущалось. С любопытством я вошла в него и буквально сразу заметила: тоннель изменился! От былой мрачности ничего не осталось. Всё переливалось свежестью зелени. Трава под ногами была мокрая. Усыпанная каплями утренней росы, она волшебно сияла. Кристально чистый воздух наполнял пространство.

Я шла беззаботно и, наслаждаясь, вдыхала эту свежесть, но подходя ближе к выходу тоннеля, вдруг заметила: моя одежда исчезла... я иду абсолютно нагая. Меня это очень смутило, и в то же время я уловила некое чувство единения с природой и невероятную лёгкость, будто моё тело освободилось, будто исчезли оковы, сковывающие его движения и свободу.

Я вышла из тоннеля и увидела перед собой небольшую реку. Не останавливаясь, я смело вошла в неё, будто она сама втянула меня в свои бегущие воды с помощью какой-то невидимой силы. Я не заметила, как оказалась по шею в воде. Её ключевая прохлада моментально впилась в меня, на мгновение заморозив. Впрочем, спустя несколько секунд я почувствовала, как вода легко расслабляет меня, бессловесно общаясь с моим телом, внушая ему спокойствие и безмятежность. Незаметно для себя я полностью расслабилась и, оторвав ноги от дна, перевела тело в горизонтальное положение. Удивительно, но я не сдвинулась с места, хотя течение реки было довольно быстрым! Я не чувствовала никакого сопротивления воде, не чувствовала, что прикладываю усилия, дабы не поддаваться течению и не унестись по его воле в неведомые дали... Нет, я лишь лежала, ощущая свободу и полнейшую невесомость.

Невероятная магия воды пленила меня, зачаровывала, совершая со мной нечто чудесное. Моё сознание затуманилось. Мысли тянулись медленно, словно сладкий тягучий мёд: «Что со мной?.. Кто я?.. Может, река хочет растворить меня в своих водах? А может, она решила взять меня в плен и превратить в сказочную ундину?»

Всё это походило на сон. Стараясь прислушиваться к ощущениям, я почувствовала, что вода начала течь сквозь меня... Мягко проникая в тело, она беспрерывно и беспрепятственно проходила через него и текла дальше в ритме всего течения реки... Это взволновало меня: ощущение волшебного единения с водой ещё больше вскружило голову.

Спустя некоторое время я поняла, что не ощущаю своего тела. Его просто нет... Есть только сознание и вода — кристальная, чистая, живительная сила, бесконечно бегущая куда-то далеко-далеко, за пределы видимого. Я стала единым целым с ней. Стала рекой. Стала водой. Я чувствовала её беспрерывное течение сквозь себя, в себе, вовне... Я уже не понимала: есть ли у меня границы? Или, быть может, моими границами стали берега, ограничивающие реку?

Закрыв глаза, я видела, как летит время, как сменяются дни и ночи. Звёзды и Луна отражались во мне, сияющее Солнце помогало небу вбирать в себя часть меня, а капли дождя обновляли и наполняли мои объёмы.

Рыбы проносились сквозь меня в бесконечном потоке. Птицы прилетали на берег испить из меня. Моей живительной силой наполнялись корни деревьев, цветов и трав, обрамляющих берега. Я щедро отдавала себя всем. Я начинала понимать: нет мне границ! Я — эти рыбы. Я — эти птицы. Я — эти корни, деревья, цветы... Я — этот воздух, эти облака... Я — всё, и всё — во мне! Я бесконечный поток бытия.

Я ЕСТЬ ВОДА.

Я была совершенно зачарована тем, что происходило. Мои мысли растворялись в кристальном потоке и уносились вместе с ним в бесконечность.

Как долго это продолжалось? Кто бы знал...

Казалось, нет мне пути назад! Вода покорила мою душу и разум. Столь прекрасно было находиться в состоянии воды, что я вряд ли решилась бы теперь изменить это.

Но не всё во власти моих желаний... В определённый момент невидимая сила реки вернула мне моё тело. Я стала постепенно ощущать его, но несколько по-новому: будто оно не плоть и кровь, а тончайшее, хрустально звенящее нечто, пропускающее через себя потоки воды и солнечного света.

В этом состоянии я открыла глаза и увидела над собой сияющее небо. Я поняла, что пусть и медленно, но возвращаюсь в привычное измерение: измерение человека. Опустив ноги, я почувствовала дно, еле касаясь его пальцами, всё ещё находясь в невесомости. Река продолжала течь сквозь меня. В затуманенности и сильнейшей расслабленности я начала потихоньку двигаться к берегу. Выходя шаг за шагом из воды, я осознала: моё тело окончательно вернулось. Я чётко ощущала его, но не видела таким, как раньше. Оно всё ещё было полупрозрачным. Длинные локоны волос стекали по нему ручьями.

Я медленно двинулась ко входу в тоннель: приближаясь к нему, я всё больше ощущала, что мой человеческий облик ко мне возвращается.

Вышла из тоннеля я совершенно сухая, в своём обычном образе, в одежде, но абсолютно другая изнутри. Обновлённая, будто родившаяся вновь из возрождающей животворящей божественной силы — воды. Я шла по полю с невероятным спокойствием и умиротворением. Воздушная лёгкость, присутствующая в моём теле, создавала ощущение прозрачности и парения в невесомости — несмотря на то, что я ступала ногами по земле. Мне не хотелось ни о чём думать и даже не было желания размышлять над тем, что со мной произошло. Все мысли не имели значения, кроме одной: я — вода! Всё есть вода!

ПТИЦА

ДЕНЬ БЫЛ, КАК ВСЕГДА, ЯСНЫЙ, но солнце светило ярче обычного. Я села за руль и, отъехав от дома, подумала: как же здорово, что наконец-то снова встречусь с волшебными чашами! Что же на сей раз произойдёт со мной во время сеанса? Я так соскучилась по моему чудесному миру и надеялась снова в него переместиться...

А сеанс был запланирован в другом месте. Мастер переехала в новый дом, располагающийся недалеко от моего. Она организовала в одной из комнат особое пространство для проведения сеансов тибетских чаш.

Сегодня я впервые очутилась в этой *особенной комнате*. Было ощущение, что я попала в некое священное место, наполненное волшебным светом и энергией.

Небольшая комната сильно отличалась от привычных жилых помещений: кроме стеллажа из массивного тёмного дерева — ничего, никакой другой мебели. В самом центре комнаты организовано место для проведения сеансов. Воздух был густым, пропитанным запахом восточных благовоний, что придавало пространству таинственность, которая ассоциировалась у меня с красотой и загадочностью атмосферы, описываемой в арабских сказках, столь любимых мною в детстве.

На полках стеллажа размещались тибетские чаши и другие предметы для сеансов. На полу, по всему периметру комнаты, располагались этнические музыкальные инструменты. Чего там только не было! И русские гусли, и индейская флейта любви Пимак, и африканский «посох дождя», и многие другие необычные инструменты, названия которых я, конечно, не смогла сразу запомнить.

Всё это разнообразие не могло не восхищать меня, тем более что я сама немного увлекаюсь этномузыкальными инструментами: кое-что есть и в моей мастерской... Музыкального образования у меня нет, но все эти инструменты хороши тем, что на них можно играть, абсолютно не разбираясь в нотах: ты просто интуитивно импровизируешь — и всегда получаешь красивое звучание.

Птица

После того, как мастер провела мне небольшую экскурсию с рассказом про каждый инструмент, чувствуя, как я заинтересована, мы решили обратиться к любимым поющим чашам и начать, наконец, сеанс.

Мастер зажгла свечи, предварительно закрыв окна плотными портьерами. Я легла на приготовленное в центре комнаты ложе и, предвкушая прекрасный процесс, начала расслаблять тело, одновременно мысленно обращаясь к чашам и Высшим силам с традиционной просьбой.

Расслабление, как всегда, настало быстро. Волшебные звуки чаш, проникнув в тело, быстро растеклись по нему. Я долго лежала, наблюдая за ощущениями, и в какой-то момент легко перенеслась в другую реальность.

Сначала я очутилась в пространстве очень яркого света. Он полностью меня окутывал и, казалось, просачивался сквозь мою кожу в тело, освещая и очищая его изнутри. Несколько секунд я стояла, не двигаясь и не понимая, что делать, лишь задавалась вопросом — увижу ли свой чудесный мир? Затем я решилась шагнуть вперёд, а через мгновение увидела, что свет рассеивается и сквозь него проявляется моё любимое поле.

Пройдя ещё немного, я окончательно очутилась посреди золотистой ржи в уже привычном для меня пространстве.

Обрадовавшись, я закружилась от счастья.

— Ну, здравствуй, мой чудесный! — Прокричала я.

Накружившись вдоволь, я остановилась и, оглядевшись, увидела вдали, на поле, дерево, которого раньше никогда там не замечала. Направляясь в его сторону, я недоумевала, откуда же оно взялось. Подходя всё ближе и ближе, я начала замечать, что это очень красивое цветущее дерево с пышной кроной почти идеальной круглой формы.

Я села под него, прислонившись к стволу, и подняла голову к сияющему солнцу. Его лучи мягко ласкали мою кожу и, казалось, проникали в тело, заливая сиянием каждую клеточку. Мне было так тепло и сладко, что я чуть не закрыла глаза в надежде задремать, но, не успев, заметила вдруг в самом сиянии солнечного диска еле заметный силуэт, который приближался ко мне, спускаясь с лучами солнца.

Через секунду я поняла, что это птица: великолепная птица с большими крыльями и роскошным длинным хвостом. Она чем-то напоминала павлина, но когда она подлетела ближе, я поняла, что это вовсе не павлин.

«Это же Птица Счастья! — осенило меня. — Та самая Птица Счастья! Мифологическое существо, которое я не первый год воспеваю в картинах!» Моё сердце готово было выпрыгнуть из груди и полететь к ней на встречу... Уже долгое время я рисовала сказочных птиц, не понимая, откуда их образ взялся в моей голове, но об этом позже.

Издали птица казалась довольно крупной, но когда подлетела ближе, я поняла, что так мне казалось из-за её больших крыльев и длинного хвоста. На самом-то деле она была совсем не крупной!

Подлетев ко мне, птица очень мягко и деликатно приземлилась на моё левое плечо. Её маленькие коготки немного укололи меня, но не больно, а скорее щекотно.

Я слегка повернула голову влево: в тот же момент она прильнула нежной головкой к моей щеке, тихонько закурлыкав, будто что-то рассказывая.

Чувство нежности к этому существу переполняло меня. Через некоторое время я подставила ей правую руку: она аккуратно перешла на неё с плеча. Мне хотелось получше её разглядеть.

— Вот ты какая! Прекрасная моя Птичка Счастья! — Сказала я с улыбкой и в то же мгновение подумала: — Может, и вправду *она моя*? Моя личная Птица Счастья? Рисую я птиц много, но все они для других людей. А эта — моя! Наконец-то

она прилетела ко мне: я увидела её не в своём воображении, а в реальности, живую! Наконец-то познакомилась с ней воочию!

От этих мыслей закружилась голова. Птица смотрела на меня маленькими глазами-бусинками и продолжала курлыкать что-то спокойное и нежное.

Её тельце и голова оказались невероятно изящными. Окрас оперения невозможно было определить: казалось, она переливается самыми разными цветами и оттенками. То становится голубовато-зелёной, то розовато-фиолетовой, то вдруг зажигается оранжево-персиковым сиянием, как предзакатное небо. В то же время она вся светилась золотом, ослепляя, как солнышко, от чего приходилось немного прищуривать глаза. Она была фантастично красива: очень приятно было наблюдать за разноцветными переливами... Крылья и хвост были украшены чарующим орнаментом, а голову венчал длинный «артистический» хохолок: чем не корона?

«Всё так, как я и рисую», — подумала я.

Полюбовавшись ещё какое-то время, я вытянула руку вверх и вперёд: прекрасная птица взмыла в небо. Несколько минут она парила вокруг меня, переливаясь в лучах Солнца, а затем поднялась высоко и растворилась в ярком солнечном свечении.

Я долго сидела под деревом и смотрела с улыбкой в небо. Мне не было грустно от того, что она улетела. Я знала: птица всегда со мной и никогда меня не покинет. Знала, что как только мне будет необходимо, она снова ко мне прилетит.

Возвращаясь домой, я всю дорогу думала об этой потрясающей встрече, вспоминая детально всё, что происходило с моим телом и чувствами. Образ прекрасной птицы стоял перед глазами.

Дома я сразу пошла в мастерскую и, закрыв дверь, села напротив картин с изображением Птиц Счастья. Я долго смотрела на них и размышляла, почему она, моя птица, решила встретиться со мной только сейчас? Спустя такое долгое время... А ведь её образ давно пришёл в моё воображение, я рисую её очень долго...

Размышляя над этим, я вдруг осознала: видимо, именно сейчас пришло время нашей встречи — и на это точно есть свои причины!

Я стала думать о том, что знаю уже столько интересного об этом прекрасном существе и о значении образа птицы в культурах мира, что пришло время поделиться этим.

Птицы Вселенной моей

Тогда мне и пришло в голову создать духовно-творческий курс для людей, в котором я не только помогаю им увидеть свою Птицу Счастья и воссоздать её в творческой работе, но и знакомлю их со всем тем, что, на мой взгляд, интересно и важно знать об этом маленьком существе — и о том, какую значимость несёт птица как прекрасный символ в разных культурах с древних времён.

Глава 12

ПТИЦЫ ВСЕЛЕННОЙ МОЕЙ

ПЕРВЫЕ ГОДЫ ТВОРЧЕСКОГО ПУТИ Я, как и большинство художников, была сконцентрирована на работе над реалистическими пейзажами, портретами, натюрмортами и так далее. Это важно для всех профессионалов, жаждущих научиться видеть тончайшие детали и нюансы в картине мира, созданной величайшим Творцом. Кто, как не Он и Его творение, может быть лучшим учителем для любого художника?.. А затем в моих работах появилось нечто иное: то, что я не увидела в окружающем меня внешнем мире, но то, что открылось в моём собственном, внутреннем мире, и захотело вырваться во внешний — через мои картины.

В какой-то момент я почувствовала и увидела в воображении невероятную сказочную птицу, которая вылетела из моего внутреннего мира и воплотилась на большом холсте. Сразу за ней — вторая, третья... Спустя некоторое время это превратилось в поток, в стаю необычайных птиц, которой не видно конца и края. Вот уже много лет я выпускаю из себя этих сказочных птиц в мир. И хочется сказать ещё по-другому — пропускаю через себя нескончаемый поток добра, любви и света. Ибо чувствую: в каком-то смысле я лишь живой портал, через сердце и руки которого на Землю поступают сильнейшие исцеляющие энергии, посланные свыше.

Я знаю: такое порой происходит с людьми искусства. Недавно я слушала интервью одной известной писательницы. Обращаясь к читателям, она сказала нечто очень важное: «Вы спрашиваете, что меня вдохновляет. Откуда я беру идеи для своих книг? Я вам отвечу: откуда-откуда! Можете не верить, но кто-то нашёптывает мне на ухо, а я просто записываю!»

Когда она сказала это, аудитория взорвалась смехом и аплодисментами, а я подумала: «Благодарю! Благодарю за откровение!»

Вот и у меня так, только мне не шепчут на ухо, а просто запускают через меня энергии, выливающиеся прекрасным образом чудесной птицы, в которой заложен сильнейший символизм.

Птицы Вселенной моей

И знаете, в процессе создания каждой из этих птиц я очень чётко ощущаю мощнейшую защиту. Как будто я окружена большим невидимым куполом, защищающим меня от чего-то, что может помешать моей работе или навредить мне.

Знаю, поверить в это сложно, но некоторые необыкновенные, сверхъестественные вещи происходят вне зависимости от того, верим мы в них или нет.

Мне очень нравится, как сказал об этом великолепный учёный нашего времени Хорхе Анхель Ливрага в своей книге «Элементалы — духи Природы»: «"Сверхъестественное" является таковым для тех, кто имеет узкое представление о "естественном"».

Мы в большинстве своём имеем узкое, а некоторые из нас — даже очень узкое, представление о «естественном»! Но у каждого из нас есть

возможности и природные способности познакомиться с настоящим, естественным нашим миром, более близко! Всё, что нужно, — по-настоящему желать и верить.

Конечно, я не могла не задаваться вопросом, что же это за прекрасный образ птицы, ворвавшийся таким странным образом в мою жизнь и творчество, поэтому начала исследовать тему, искала информацию в истории искусств, религии, мифологии и фольклоре народов мира.

Через некоторое время, мне был послан ответ, что я создаю мифологическую Птицу Счастья, прототип которой встречается практически в каждой культуре.

Ещё я задавалась вопросом, почему я создаю волшебных птиц в таком количестве и не могу остановиться. И однажды в беседе с одной уважаемой мною очень мудрой женщиной, которая является целительницей и, обладая сверхъестественными способностями, определённо имеет тесную связь с Высшими силами, я рассказала о своих чудесных птицах и их странном появлении в моей жизни и творчестве. Рассказала, что мне известно, какие это птицы, какое они несут значение... Понимаю интуитивно, что должна их создавать, но пока не пойму, почему.

Она с улыбкой ответила:

— Это же очевидно! Ты создаёшь множество Птиц Счастья потому, что именно сейчас они так сильно нужны людям.

Птицы Вселенной моей

Её слова озарили моё сердце сияющим светом. Я почувствовала в них истину: действительно, так просто и очевидно!

Это придало мне невероятную силу, а впоследствии, спустя долгий период создания Птиц Счастья для людей, ко мне пришло ещё одно важное осознание, которым я хочу поделиться.

Создавая для людей необычайных птиц — одну за другой, — я понимала, что так и не создала Птицу Счастья для себя. Но в какой-то момент я, наконец, осознала: моя Птица Счастья — не некое мифическое создание, не картина-оберег, которые я создаю, нет-нет... Птица, несущая мне счастье, живёт во мне, она часть меня — она и есть всё то, что я создаю и выпускаю в мир! Все мои откровения в картинах и стихах, все те знания и умения, которыми я делюсь с людьми... Именно это и является моей Птицей Счастья: получив особый дар свыше, пропустив его через себя, через своё сердце, набравшись смелости и выпуская его из своей внутренней Вселенной, словно прекрасную птицу из клетки, я сама становлюсь невероятно свободной и счастливой.

Птица Счастья внутри каждого из нас: она всегда с нами, в наших сердцах. И только от нас самих зависит, сидит ли она в клетке или парит на воле.

Отыщите её в себе! Почувствуйте! Дайте ей возможность свободного полёта! Она никуда не улетит от вас, никуда не денется, не беспокойтесь, она всегда рядом. Но она будет свободна — и вы вместе с ней.

Сколько же я выпустила на свободу таких птиц... А сколько ещё выпущу... Они нескончаемо рождаются во мне: бесподобные, неповторимые Птицы Вселенной моей.

Глава 13

ОБРАЗ ПТИЦЫ В КУЛЬТУРЕ НАРОДОВ МИРА

Я ПОВЕДАЛА ПОЧТИ ВСЁ, что намеревалась рассказать, но мне хочется немного коснуться и того, насколько образ птицы был и остаётся важным в человеческой культуре.

Довольно сложно осознать: были времена, когда люди жили совсем не так, как мы сейчас. Они жили с совершенно другим восприятием мира, в более тесном контакте с природой и другими существами. Свидетельства этому мы находим в сказках, легендах и мифах народов мира, а также в произведениях народного творчества. Большинство людей сейчас не допустят даже мысли о том, что вещи, описанные

Птицы Вселенной моей

в сказках, могли быть правдой и действительно происходили в жизни наших предков! Люди в древности учились всему у природы, внимательно наблюдая за её проявлениями. Они отождествляли себя с другими живыми существами, а некоторых из них ставили выше себя, поклоняясь им как посланникам Высших сил. Люди слагали мифы и легенды об этих явлениях и существах, несущих в себе божественные силы, воспевали их в произведениях искусства, наделяли особым символизмом, создавая амулеты и обереги для себя и своих домов. Следовали различным верованиям, основанным на наблюдениях за природой: до наших дней эти наблюдения дошли в виде примет, в которые кто-то продолжает верить, а кто-то называет банальным суеверием.

Всех животных почитали люди, но, пожалуй, не ошибусь, сказав, что именно птицы являются одним из ярких представителей животного мира, которых люди разных культур больше других почитали испокон веков. Птицам посвящено множество старинных сказаний, мифов и легенд. Они встречаются и в библейских историях, и на полотнах великих мастеров прошлого и настоящего, и в наскальных рисунках эпохи палеолита. Всегда, повсеместно люди восхищались птицами: их вдохновляли эти прекрасные, парящие в небе и поющие песни, создания.

Птица практически во всех культурах является символом свободы души, посланником Высших сил, посредником между Богом и человеком. В наши дни можно найти огромное количество интереснейшей

Образ птицы в культуре народов мира

информации о птицах и их символизме. Прекрасным птицам, их значимости в мировой мифологии, фольклоре, искусстве, мировой культуре в целом посвящено множество книг и исследований историков. При желании раскрыть эту тему для себя более глубоко всегда можно самостоятельно. Я же просто хочу вспомнить некоторые яркие упоминания птиц в мировой мифологии и фольклоре народов мира. И, пожалуй, первая, кто приходит на ум, — это легендарная птица феникс: символ возрождения, птица, сжигающая себя дотла в момент опасности и каждый раз восстающая из пепла.

В арабской мифологии, например, существовала птица по имени Рух, которая была вовсе не таким уж положительным персонажем: наоборот, она несла в себе зловещие силы и угрожала человеку. Рух была огромной и могла переносить в своих могучих лапах слонов и верблюдов. Разоряла целые караваны и нападала на корабли мореплавателей, разрушая их, как описано в книге «1000 и одна ночь»: в сюжете, где она нападает на корабль Синдбада-морехода.

Есть в арабской мифологии и другие интересные существа. Например, легендарные птицы Анка или прекрасная мифологическая птица Хума, приносившая людям счастье.

По индуизму и буддизму многим знакома божественная птица Гаруда: ездовая птица бога Вишну. Именно на ней Вишну перемещался во вселенских просторах. Это существо — получеловек-полуптица, мифологический царь птиц. Гаруда была знаменита и тем, что ослепляла своим могущественным сиянием злых демонов — Нагов, отправляя их в бездну.

Из античной мифологии нам знакомы недобрые стимфалийские птицы бога войны Ареса: о них упоминается в мифах о подвигах Геракла. У стимфалийских птиц были бронзовые крылья; они могли стрелять своими металлическими перьями, словно острыми стрелами...

В мифологии Древнего Египта видно, как сильно люди почитали птиц, порой наделяя их ликами и частями тела своих богов. Величественная птица Бенну символизирует вечную жизнь и возрождение. Она являлась душой бога Ра и связывалась с солнечным культом.

Некоторых своих богов древние египтяне изображали с головами птиц. Так, например, бог Тот имел голову ибиса — и именно эта птица считалась священной птицей бога мудрости и знаний. Бог солнца Ра был с головой ястреба, бог Гор — с головой сокола. А прекрасная богиня Исида — олицетворение женственности и материнства в Древнем Египте, обладала великолепными птичьими крыльями.

В древности люди были убеждены, что птицы наделены волшебными способностями, одной из которых, конечно, была способность летать. Они считали: раз небо принимает птиц, то в них действительно есть божественная сверхсила. Важной способностью, которой боги наделили птиц, считался и их язык — мистический, божественный, по мнению людей. Язык, который птицы используют при общении с посвящёнными.

Образ птицы в культуре народов мира

В мифологии и фольклоре разных народов много тому примеров. Например, Хугин и Мунин — священные вороны скандинавского бога Одина, сидящие у него на плечах и сообщающие ему о том, что происходит в мире людей. А король Швеции Даг Мудрый звался так, ибо по преданию обладал способностью понимать язык своего ручного воробья, приносившего ему новости со всей округи. В древности понимание людьми языка птиц являлось величайшей мудростью.

В древнеславянской мифологии ярким примером птицы, несущей знания, является уникальная птица Гамаюн.

Гамаюн — птица вещая: так называли её наши предки и считали, что она помогает людям своими предсказаниями. Чаще всего Гамаюн предупреждала об опасности: несла весть о наступлении врага или о прочих опасных событиях. Эта удивительная птица была посланником бога Велеса, одного из центральных божеств славянской мифологии: она являлась его глашатой, певшей людям божественные гимны и предвещавшей будущее тем, кто умеет слышать тайное.

Помните, как у Блока?

«На гладях бесконечных вод,
В заката пурпур облечённых,
Она вещает и поёт,
Не в силах крыл поднять сметённых...»

Или у Высоцкого:

«Словно семь заветных струн
Зазвенели в свой черёд.
— То мне птица Гамаюн
Надежду подаёт!»

В этой песне Высоцкий упоминал ещё двух — не менее ярких — птиц славянской мифологии: птицу Сирин и птицу Алконост.

Птица Сирин, по преданию древних славян, спускается из Рая на Землю и зачаровывает людей волшебным пением. Сирин представляет собой прототип поющих существ сирен: согласно древнегреческой мифологии, дочерей речного божества и одной из муз, от которой они и унаследовали невероятной красоты голос.

Сирены зачаровывали своими волшебными песнями мореходов, обрекая их тем самым на погибель. Эти мифологические птицы хорошо известны — особенно по поэме Гомера «Одиссея».

Древнеславянская птица Сирин тоже не отличалась «хорошими манерами»: своим пением она одурманивала путников и заводила их в Царство мёртвых, так как была посланницей царя загробного мира.

Птица Алконост, как и Сирин, обладала великолепным голосом. По преданию, услышавший её пение человек мог позабыть обо всём на свете; впрочем, зла она людям не причиняла, в отличие от её подруги — птицы Сирин.

Образ птицы в культуре народов мира

Гамаюн, Сирин и Алконост являются птицами райского сада и восседают там на верхушке Мирового древа. Все они — птицы-девы. Голова девушки, а туловище — птицы. Все три — большие, сильные, с разноцветными крыльями и коронами на голове.

Пожалуй, самые известные изображения этих птиц мы можем видеть на картинах Виктора Михайловича Васнецова «Гамаюн — птица вещая» и «Сирин и Алконост».

Если говорить о древнеславянской культуре, то в мифологии и фольклоре встречается множество птиц, наделённых «божественными сверхъестественными способностями».

В мифологии славяне придавали особое значение образу птицы. Каких-то они боялись, каким-то — поклонялись, как и в других культурах. Широко известна Стратим-птица: священная птица Стрибога, прародительница всех птиц, живущая на море-океане, и вызывающая морские бури своим криком. Птица Матерь Сва — воплощение богини Лады. Могол — воинственная чудо-птица, сильная, могучая: по преданию, легко перемещавшаяся между мирами. Жар-птица — из славянского фольклора. Птица Обида — чёрный лебедь, птица печали, борющаяся с врагами Руси, упоминается в «Слове о полку Игореве». И многие, многие другие... Перечислять можно очень долго.

У древних славян были и такие чудо-птицы, как Нагай — наполовину лев, наполовину орёл, вьющий гнездо на 12 дубах, охраняющий богатства и яблони с золотыми яблоками. Нагай — древнеславянский прототип грифона: сильного, благородного существа античной мифологии и средневекового фольклора, имеющий острые когти и золотистые крылья. В положительном смысле грифон являлся защитником и покровителем, считался особенно могущественным и величественным существом.

Образ птицы в культуре народов мира

Наряду с мифологическими птицами древние славяне, как и многие другие народы, почитали и обыкновенных, реальных птиц, живущих в природе: с ними было связано множество примет и ритуалов.

Людей в древности более всего восхищало умение птиц летать, поэтому птичьи крылья стали своего рода символом божественной силы и выносливости. Вспомним хотя бы древнейший символ Фаравахар: солнечный диск с крыльями, главный символ зороастризма, символ власти и божественного происхождения. Кстати, можно легко вспомнить его современные интерпретации, которые так ловко используют порой некоторые крупнейшие современные компании. Видимо, весьма неплохо они разбираются в силе и значимости этого древнейшего символа!

Возвращаясь снова к древнеславянской мифологии, нельзя не вспомнить и миф о создании мира, в котором особую миссию несла некая священная уточка. Сюжет этого мифа встречается в разных культурах и рассказывает о священной птице, высидевшей яйцо, из которого «вылупился» мир.

Например, в религиозных верованиях иранцев и по сей день сохранились глубокие следы почитания птицы, высидевшей мировое яйцо. Иранцы держали в храмах металлические изображения яиц и прославляли яйцо в священных гимнах.

И в других культурах, не названных мною, встречается множество интересных мифов и легенд, связанных со священным образом птицы.

Вспомнив даже малую часть примеров легендарных птиц, можно понять, насколько серьёзным было поклонение людей крылатым созданиям, их особенным силам и возможностям, насколько велика была их вера в то, что птицы — божественные посланники людям в помощь, обучение и наказание. Но будь птицы положительными или отрицательными персонажами, все они невероятно важны, так как, согласно самым древним космогоническим мифам, птицы участвовали в процессе космогенеза — изначального зарождения Вселенной, космоса, циклического развёртывания мира.

Исследуя космогонические мифы, учёные постепенно установили, что в наиболее древнейших из них демиургами-творцами были преимущественно именно птицы.

Не могу не упомянуть в финале и самую светлую, самую добрую по характеру мифологическую птицу — Птицу Счастья.

Образ птицы в культуре народов мира

Как уже говорилось, прототип этой волшебной птицы встречается в разных культурах мира — и в каждой имеет своё имя, но светлая энергия и сила, которой эта птица обладает и которую несёт в мир, повсеместно направлена на благо людей.

В культуре древних славян Птица Счастья несла в себе силу оберега, в действие которого наши предки свято верили. Среди предметов быта древних славян находили подвески-обереги, изображающие птиц. На обережной вышивке древних славян в числе сакральных символов (Алатырь, Мокошь, Оперей и прочие) располагался символ птицы, а в каждом доме находилась деревянная птица, по форме напоминающая солнышко: оберег счастья для дома и семьи. Считалось, он отгоняет всё зло извне, защищает и оберегает всех членов семьи, особенно детей, и несёт счастье под крышу на своих крыльях.

Кроме того, этот символ являлся солярным и нёс в себе силу солнца и солнечного света, дающего жизнь всему живому.

Как в далёком прошлом, так и в наши дни, волшебной птице, приносящей счастье, посвящено множество стихов и песен, произведений живописи и декоративно-прикладного искусства. Многие и сейчас счастливы иметь в доме чудо в виде картины или деревянного сувенира-птицы, продолжая верить в его обережную силу. А я безмерно рада, получив доверие Высших сил, создавать картины-обереги «Птицы Счастья» и очень счастлива от того, что они разлетаются по всему миру, в разные города и страны, и несут людям свою благостную светлую энергию.

ОБРАЗЫ И СИМВОЛЫ

РАССКАЗЫВАЯ О ВАЖНОСТИ ОБРАЗА птицы для людей древности, я хотела обратить внимание, насколько глубоки и важны знания наших предков. Тех, кто в большей степени, нежели мы, чувствовали мир, природу, обращались к ней за ответами на вопросы и жили по законам живого мира. Конечно, не только образ птицы нёс столь важные смыслы. Другие существа и природные проявления тоже обладали важнейшим глубинным символизмом, сложившим основы мудрости, переданной нам в старинных сказаниях.

В наше время дверь к этим знаниям, к этой священной древней мудрости почти закрыта. Но если заглянуть хотя бы в маленькую щёлочку этой двери, можно обнаружить кладезь важнейших знаний о мире, в котором мы живём, о Высших силах и их взаимодействии с человеком, о природе нас самих.

В своей «Красной книге» Юнг писал: «*Неустанно размышляйте об образах, которые оставили древние! Они показали путь грядущего*».

Прошлое и будущее неразрывно связаны. Далёкое прошлое человечества скрывает огромное количество знаний, тайн и загадок, которые важно разгадать ради нашего будущего.

Человек погружён в символическое пространство, но в ритме современной жизни мы практически перестали задумываться над тем, какую значимую роль играют для нас символы.

Рождение символов связано с рождением изначальной человеческой культуры, а их энергоинформационное содержание, их сакральное значение имеет огромное влияние на нашу жизнь.

Образы, символы, символические связи в верованиях наших предков и те, что окружают нас в современном мире, невероятно важны. Как сказал Конфуций, «Знаки и символы правят миром»!

Возвращаясь к моим путешествиям в прекрасный мир, описанным в этой книге, мне бы хотелось обратить внимание на глубокий символизм, который в них заложен. Конечно, я понимала: не просто так со мной происходят такие чудеса. Понимала,

Образы и символы

что в увиденном мною чудесном мире, в тех образах, которые меня там окружают, определённо заложен некий сакральный смысл, который я обязательно должна разгадать.

Я давно осознала, что каждое моё путешествие наполнено глубоким символизмом, несущим для меня большую значимость. Но, говоря начистоту, я до сих пор не осознала: путешествия ли это в один из параллельных миров, которые описывает в своей исследовательской работе профессор Стивен Хокинг — учёный, изменивший наше представление о Вселенной, или же это путешествия, совершённые мною в мир моей внутренней Вселенной — мир моего бессознательного. Именно такие путешествия описывает и анализирует швейцарский учёный и философ, основатель аналитической психологии Карл Густав Юнг в «Красной книге», где рассказывает о собственных перемещениях в другой мир, в котором каждый встреченный им персонаж несёт особый символизм, раскрывающий сакральные знания. Юнг призывает людей быть более внимательными к тому, что сказано в древних сказках, мифах и легендах, ибо там, в чудесных сказочных образах, зашифрованы важнейшие знания о нас самих и нашем мире, о природе вещей и о том, как устроено наше естество. Именно в них сокрыта истина, способная помочь нам вспомнить, кем мы являемся изначально.

Я не учёный и не философ, поэтому не могу делать какие-либо научные выводы на сей счёт.

Я художник. Я чувствую душой художника и вижу глазами художника. Я художник, которому посчастливилось увидеть, возможно, нечто большее, нежели видят другие. И я точно знаю: это не сон! Это реальность. Мой чудесный мир существует, будь он в параллельной Вселенной или в моём бессознательном.

В конце книги вы найдёте небольшие описания символизма некоторых образов, которые проявились в моих необычайных путешествиях. Информацию я собирала из разных источников, но уверена, что не всё пока раскрылось мне полностью, поэтому продолжаю исследовать эту прекрасную и очень волнующую меня тему.

Глава 15

«СТУПАЙ В ЛЕС, СТУПАЙ...»

ОБРЕЗАЯ ОДНАЖДЫ КУСТЫ ЛАВАНДЫ в своём саду, я заметила: стебель каждого цветка — идеальный кубоид, то есть прямоугольный параллелепипед. Просто любуясь цветами издалека, я никогда этого не замечала. Меня очень удивило, насколько идеальна форма каждого стебелька... будто кто-то создавал их с линейкой в руках!

Вглядываясь в природу более внимательно, замечая то, что в суете сует мы порой пропускаем, можно ощутить, насколько грандиозна творческая работа Создателя. А останавливаясь хоть иногда, чтобы соединиться с миром, обоняя его, всматриваясь и вслушиваясь во всё, что нас окружает, мы не только расширим собственные понимания о нём, но и, соединившись с ним, наполнимся божественной жизненной энергией.

Не как писатель (коим я не являюсь, а только учусь), но как художник с большим интересным опытом, хочу поделиться с вами пониманием того, как важно относиться осознанно и внимательно к миру, в котором мы находимся. В каждом из нас живёт творец. В каждом живёт художник. Я призываю вас взглянуть на мир глазами художника!

Будьте внимательны и не торопитесь. Выйдя на улицу, обратите внимание на палитру дня. Какие краски и оттенки преобладают в нём? В *вашем* дне! Какие энергии присутствуют? Почувствуйте их.

Уезжайте за город. Выйдите ночью на улицу, вглядитесь в волшебную звёздную пыль, усеявшую необъятный небесный купол… Ловите падающие звёзды, загадывайте желания, верьте в чудо — только тогда они сбудутся!

А днём взгляните на плывущие по небу облака: не серые или белые, а синевато-фиолетовые с оттенком охры или золотистые с персиково-малиновым отливом от приближающегося заката. Вглядитесь в них… но не на две секунды: позвольте себе любоваться ими хотя бы пять минут — вы заметите, как волшебно, в загадочном плавном движении, меняются их формы и оттенки.

«Ступай в лес, ступай...»

Отправьтесь в лес, сядьте на траву. Вглядитесь во всё, что вас окружает. Отключите мысли о делах и проблемах. Так вы окажетесь один на один с этим миром и увидите в тысячу раз больше, услышите в тысячу раз сильнее!

Закройте глаза, прикоснитесь к коре дерева, ощутите её кончиками пальцев... Вглядитесь в листик на кусте, в самую глубину его зелёного мира... Рассмотрите его вселенную.

Встаньте рано утром, до восхода солнца: отправляйтесь встречать рассвет к морю, озеру или реке. Замрите и ждите момента появления небесного светила. По мере восхода оно проложит для вас золотой путь на воде. Смело войдите в него, ощутите энергию воды и энергию солнца, соединившихся воедино в волшебном альянсе. Моя любимая практика... Невероятные ощущения! Напитайтесь этой силой, мощью двух жизнетворящих энергий.

Да, у нас мало времени, а столько всего надо успеть... но, уверяю вас, если вы будете выделять на соединение с миром хотя бы пять-десять минут в день, сил и энергии на всё остальное у вас станет гораздо больше, а ваша картина мира заиграет более яркими и живыми красками.

Ощутите же наш живой мир, его природу и его энергии в полной мере! Он слишком прекрасен, чтобы пройти мимо, чтобы не заметить и упустить его чарующую, наполняющую, божественную красоту...

Вспомните, о чём вы мечтали в детстве. Найдите возможность реализовать эти мечты. Даже если теперь вам это кажется какой-то мелочью, поверьте — оно того стоит! Именно это сделает вас счастливее, ведь вы подарите реализацию мечты тому *маленькому себе*, который ещё верил в чудеса.

Мы часто заглушаем порывы реализовать что-то, о чём мечтаем. Чего по-настоящему желаем. Например, сделать нечто прекрасное для себя или других. Порой думая, что нам «вовсе не до того, и так слишком много забот». А порой из-за неуверенности в своих силах и возможностях, из-за страха, что не получится или что это изменит нашу жизнь и создаст ещё больше трудностей.

Вступить на новый неизведанный путь, не зная, что тебя ждёт, — это как войти в тёмный пугающий лес, не понимая, куда ты в итоге придёшь и какие опасности встретятся тебе на пути. Но...

«Ступай в лес, ступай! Если никогда не пойдёшь в лес, с тобой никогда ничего не случится и твоя жизнь не начнётся»: отличная цитата из книги Клариссы Пинкола Эстес «Бегущая с волками».

Большую часть жизни я писала картины, но никогда даже подумать не могла, что начну писать книгу. И это был мой «тёмный лес», в который, несмотря на страх и неуверенность, я вошла. Моё любопытство и смелость провели меня через этот непростой путь и привели к открытию совершенно нового, неведомого для меня ранее, чудесного мира, знакомство

«Ступай в лес, ступай...»

с которым подарило мне потрясающие открытия, знания и осознания, расширения границ понимания мира, обогащение моего творчества и жизни в целом. Моё каждодневное «соединение с миром» невероятно помогло мне в этом! И о себе я узнала гораздо больше. Я докопалась до самых глубин себя самой и познакомилась с собой заново.

Мой путь теперь — не маленькая лесная тропа, а широкая светлая дорога, ведущая к ещё большему множеству прекрасных открытий: меня ничто не пугает! Я смело иду по ней — а со мной моя вера, моя любовь, мои Ангелы, мои чудесные птицы!

ЗАКЛЮЧЕНИЕ

Ones Upon a Time...

«ОДНАЖДЫ ДАВНЫМ-ДАВНО...» — так называлась первая выставка, на которой я решилась поделиться со зрителями тем, что не увидела в окружающем мире, а тем, что родилось в моём внутреннем мире, в моём сердце. И это, пожалуй, была моя первая Птица Счастья, которую, набравшись смелости, я выпустила на свободу. А какова ваша первая Птица Счастья? Припомните. Если до сих пор вы не нашли её в себе, то срочно ищите: она там точно есть! Найдите — и выпускайте в полёт!

Птицы Вселенной моей

Вы не представляете, какую свободу и счастье это подарит вам.

Однажды, давным-давно, когда я ещё была студенткой, на лекции по психологии преподаватель говорил о снах и их значениях. Многие люди не видят сны — или не помнят, что им что-то снилось ночью. Но я — тот человек, который живёт полной жизнью и во сне, и наяву. Не помню ни одной ночи в своей жизни, когда бы мне не снился сон.

Слушая лекцию, я вспомнила один интересный сон, приснившийся мне в юности. Я увидела себя, стоящую на краю обрыва. Передо мной простирался огромный океан, а вдали я видела, как крупные рыбы и большие морские животные — дельфины, киты, касатки — перемещаются с большой скоростью, выпрыгивая целыми стаями над водой. Это зрелище было не только невероятно красиво: оно было грандиозно, необыкновенно! Земля, на которой я стояла, была усыпана яркими цветами, переливающимися разноцветными красками. Вся природа сияла какой-то неземной красотой. Кустарники, цветущие невероятными цветами, деревья, усыпанные невиданными фруктами, причудливые птицы, животные... Всё это было очень яркое, красочное и необыкновенно красивое. Казалось, таких цветов и оттенков, какие были в той природе, в реальности не существует. Я обернулась и увидела множество людей, но все они были не цветные, а, скорее, всех оттенков серого. Они стояли спиной ко мне

Заключение

и к чудесной природе, не видя ничего того, что видела я. Я подбежала к ним ближе и начала их звать. Кричала им:

— Обернитесь, посмотрите вокруг, какая чудесная красота! Пожалуйста, обернитесь, прошу вас! — но они не реагировали на мой крик, как будто не слышали.

Они стояли, опустив голову, словно находились не в этом прекрасном мире, а где-то далеко, в другой реальности.

Я так и не смогла до них докричаться: мне было невероятно обидно, ибо никто из них так и не увидел необыкновенную красоту, которую видела я.

Вот такой сон!

После окончания лекции я подошла к преподавателю и попросила помочь мне растолковать значение сна, так как он не исчез из памяти — я была уверена: он означал для меня нечто очень важное.

— Ну-у... тут, в принципе, всё понятно, — моментально ответил преподаватель. — Никакой особой загадки нет. Сон говорит о том, что вскоре ты будешь видеть больше, чем другие люди... или эта способность изначально в тебе есть и только ещё больше раскрывается. Тебе дарована возможность видеть то, что никак не могут увидеть другие.

Проанализировав его слова, я поняла: наверное, так и есть. Сколько себя помню, так всегда было в моей жизни. Я с ранних лет обладала сильной интуицией, верила в чудеса и в существование волшебников. Чувствовала их и с ними общалась:

по-своему, по-детски. Когда мама замечала это, думала, что я просто так играю.

Будучи ещё совсем маленькой, помню, что обращалась к Богу как к доброму волшебнику, прося его помочь помириться маме с папой — каждый раз, когда родители ругались. На следующее утро я просыпалась счастливой, видя, как они обнимаются и зная, что волшебник Бог услышал меня и снова помог.

Так, с детства, эта вера и живёт во мне. А ещё я чувствовала и чувствую невидимое присутствие рядом. Знаю, что меня слышат и поддерживают. Общаюсь с невидимыми Высшими силами. Для меня нет сомнений в том, что они существуют и всегда рядом с нами.

Понимаю: крайне сложно поверить в реальность этого. Но меня всегда удивляло то, что люди всерьёз говорят о вере в Бога, в Ангелов, ходят в церковь, молятся святым, но стоит заговорить с ними о том, что ты общаешься с Ангелами, чувствуешь их — и люди отвергают это, считая тебя сумасшедшей. Странно, не правда ли? Очень странно...

Но парадокс в том, что только когда человек по-настоящему начинает верить в существование Высших сил, они начинают проявляться для него и всё больше вступают с ним в контакт: как будто рушится невидимая преграда. В то же время поверить в их существование рядом с нами невероятно сложно, если не почувствовать их присутствия на себе, если не столкнуться с ними напрямую.

Заключение

А почувствовать их можно! Можно даже и увидеть! Уж поверьте.

Я знаю: кто-то не воспримет мои истории всерьёз, решив, будто всё, написанное в этой книге, — сущая ерунда, выдуманные сказки. Но ничего: у меня нет цели никого ни в чём уверять. Каждому своё. Каждый живёт в своём мире — в мире, в который верит. И я не хочу кому-то навязывать то, во что верю сама, а лишь делюсь своими чувствами и ощущениями.

А ещё я знаю и то, что многие другие, прочитав мою книгу, вспомнят: и с ними происходило нечто невероятное и чудесное. То, чему они никак не могли найти объяснение.

То, что сегодня в рамках человеческого сознания является сверхъестественным, нереальным, для них однажды стало реальным... и всё же оставались сомнения — действительно ли это с ними произошло или просто почудилось?

То, что они скрывали глубоко внутри и не решались поделиться этим с кем-либо, продолжая жить в сомнениях и жажде понять истину.

Именно они будут благодарны мне за эти откровенные рассказы: как и я когда-то была благодарна тем, кто, не боясь насмешек и осуждений, говорил о чудесах, происходивших в их жизни. Я счастлива была слышать и читать об этом, понимая: я не одна, есть и другие люди, и их много, кому открылось нечто большее, нечто чудесное о мире, в котором мы все пребываем. И ничего, что не все пока понимают нас, ведь в конечном счёте важно лишь то, во что мы сами верим.

Я посвящаю эту книгу всем тем, кто с благодарностью принимает приходящие к ним благостные дары Вселенной и Высших сил. Дары в виде светлых энергий, знаний, талантов. И, пропуская их через сердце, щедро делясь с миром, выпускает свою Птицу Счастья, зная, какое благо она несёт людям.

Пусть эта красивая аллегория о прекрасных птицах подарит силу и веру в успех каждому, кто ещё по каким-то причинам не может пока поделиться с миром чудесным даром, скрывающимся в его внутренней Вселенной. Пусть выпускает свою прекрасную «птицу» и сам освобождается!

Этой книгой и я выпускаю на волю ещё одну свою птичку. Пусть несёт благо в мир! Мне она уже подарила невероятное счастье. Теперь же своим полётом она вновь широко раскрывает мои крылья и дарует мне ещё большую свободу!

Взлетаю...

P.S.

Сегодня в три часа ночи моя книга разбудила меня, настойчиво утверждая, что я не дописала её. Я вертелась в кровати из стороны в сторону, умоляя: «Угомонись! Дай поспать ещё хоть пару часов...». Но она назойливо ворчала, что есть некие важные вещи, которые я забыла упомянуть. Что я должна! И никак иначе!

В итоге с трёх до семи я наговаривала на диктофон эти «важные вещи», после чего встала совершенно счастливая и удовлетворённая, с полным понимаем того, что родилась ещё одна глава — и вот теперь моя книга закончена...

Или нет? Возможно, я ещё долго буду её писать, ведь она про меня, про мою жизнь, мой опыт, мои осознания... а жизнь ведь пока не заканчивается, многое ещё впереди! Но об этом уже не в этой книге, а в её продолжении...

31 декабря 2024 года

СИМВОЛИЗМ ОБРАЗОВ

Лес — лесная символика принадлежит к фундаментальным образам-мифологемам, которые уходят корнями в глубокую древность.

Лес символизирует тайну, глубину и загадочность, а просвет в его центре символизирует открытость и возможность проникновения в глубь леса. Тропинка или дорога также символизируют путь, который ведёт к центру леса, а ручей или другой водный источник — это символ жизни и движения.

В ряду общей пейзажной символики лесу отводится важное место в мифах, легендах и народных сказках. Сложная символика леса связана на всех

Символизм образов

уровнях с символикой женского начала или Великой матери. Лес — место изобилия растительной жизни, свободной от всякого контроля и воздействия. Юнг утверждает, что лесные страхи, столь часто встречающиеся в детских сказках, символизируют опасные аспекты бессознательного, то есть тенденцию к пожиранию или сокрытию разума.

В снах присутствие «тёмного леса» свидетельствует о фазе дезориентации, о погружении в сферу бессознательного, в которую сознательный человек может вступать лишь после долгих колебаний. Часто встречающийся в сказках свет, который мелькает среди стволов, обозначает надежду на обретение места защиты. Для одухотворённых людей лес может стать возвышающим местом уединённости.

Жорж Ромэ в «Словаре символики сновидений» отмечает лес как место, где происходит переживание встречи с бессознательным, где мы должны пройти, рискнуть потеряться, найти свой путь и выход. Это «путешествие, начавшееся с чувства страха, заканчивается ощущением безмятежности».

Поле — засеянное поле является символом плодородия и связывается с женским началом. Символ абсолютного пространства, равного небу и земле. Символ воли и раздолья. Символизирует также ирреальное пространство.

Рожь — символ жизни, силы и стойкости, а также общечеловеческого существования.

Проход — проход или тоннель является символом соединения сознания и бессознательного, реального мира и потустороннего, жизни и смерти. Связан со сменой одного плана существования на другой, с переходом из этого мира в следующий или трансцендентный. Символика «трудного прохода» ассоциируется с переходом от обыденного к священному, с возвращением в рай, с обретением более высокого уровня сознания, с преодолением дуализма в двойственном и полярном мире явлений. В символике прохода часто используется парадокс, сам по себе предполагающий преодоление ограниченности рационального ума. Используется также символика прохода как выхода за рамки времени и пространства (звёздные врата), дня и ночи.

Проход невозможен для материального тела непосвящённого и может быть осуществлён только на уровне духа и в «моменте без времени», а также с помощью средств, не воспринимаемых обычными чувствами. Физическое (материальное) преодолевается силой ума и духа. Это путь даосизма, индуизма, буддизма; это «узкие врата» в христианстве и «тарика» в исламе. Ритуалы прохода обычно включают разъединение и завершаются окончательным воссоединением.

Единорог — фантастическое существо из иного мира, чьё появление предвещает счастье. Единорог присутствует во многих традициях как прекрасное

Символизм образов

мифологическое существо. Он олицетворяет могущество и силу, которая противостоит силам тьмы, поддерживая равновесие во Вселенной. Единорог является символом солнечного луча, чистоты, поворота к единению, к центру. Кроме того, единорог — символ трансмутации, свободы и познания, он указывает путь тем, кто ищет истину. Среди множества символов, сопровождавших человека на протяжении всей истории, единорог занимает особое место. Самые ранние его изображения относятся к III тысячелетию до н. э., они были обнаружены на печатях городов долины Инда.

Единорог — один из самых священных символов древней эпохи. Он был символом присутствия в нашем мире особой силы: невидимой, подспудной, держащей и хранящей мир в изначальной целостности. Став, благодаря своему величию, справедливости, мудрости, благородству одной из любимых геральдических фигур, единорог украсил гербы королевских династий и личные гербы многих замечательных людей прошлого. Его рог, растущий из середины лба, твёрже железа — это ось мира, точка опоры, необходимая для существования. Винтовой, закрученный подобно пылающей шпаге, он рассказывает о циклах, по которым развивается мир вокруг этой оси. В былые времена его сравнивали с лучом солнца, соединяющим земное и небесное.

В Китае единорога называли ци-линь («ци» означало мужское начало, «линь» — женское) и почитали как символ совершенного добра.

«Все вещи исходят из Единорога» — говорится в древнем герметическом трактате. В средние века и в эпоху Возрождения он осмысляется ещё и как символ чистоты и непорочности. Поэтому в поэзии трубадуров и в искусстве Ренессанса одним из любимых становится сюжет о прекрасной деве и единороге. Как говорят легенды, этот зверь, которого невозможно ни укротить, ни поймать — хотя тысячи людей охотились за ним в жажде заполучить очень дорого ценившийся рог, — завидев непорочную девушку, доверчиво подходил к ней, клал голову ей на колени и засыпал. Ему нужно было на земле нечто, что приняло бы его свет — не запачкав, не уничтожив. Этим таинственным «нечто» становилась душа Прекрасной дамы, глубины которой, как спокойное озеро, могли принять в себя звёздный свет и наполнить всё вокруг особой красотой. Чистота дамы — это чистота сердца, способного отразить свет: благодаря этому в душе дамы вечно живёт магия прекрасного.

После моих встреч с единорогом в другой реальности я начала исследовать этот образ, в том числе в искусстве, и обнаружила множество прекрасных произведений. Вот мои любимые:

Серия из 6 гобеленов «Дама с единорогом». Франция, 1500 г.

Рафаэль «Дама с единорогом», около 1505 г.

Доменикино «Дева и единорог», фреска, 1604-1605 гг.

Символизм образов

Вереск — растение упоминается во многих литературных и музыкальных произведениях Европы. Особенно популярен вереск в Шотландии, оттуда и пришло большинство его значений.

Считается, что белый вереск не растёт там, где пролилась кровь, поэтому его носили как оберег от нападения и насилия. Вересковую веточку всегда добавляли в букет невесты, чтобы брак был удачным и спокойным.

Цветущий кустарник ассоциировался с балансом и гармонией. Из-за своей выносливости цветок стал символом мужества, сильного духа и независимости. Считалось, что он обладал мистическими свойствами и позволял общаться с потусторонним миром. С давних пор для любого шотландца цветы вереска означают удачу и защиту.

Вереск имеет древние корни в кельтской культуре, где являлся символом плодородия и магии, а также символом храбрости, силы духа и независимости. Цветы вереска олицетворяют исцеление и очищение.

По легенде, скромный вереск стал единственным растением, которое могло расти даже на голых склонах холмов, продуваемых ветрами. За это Творец сделал его невероятно выносливым, наделил ароматом и качествами медоноса. Считалось, что в старину из вереска умели готовить невероятно вкусные и даже чудодейственные напитки, но... «Из вереска напиток забыт давным-давно...», как писал в известном стихотворении Роберт Льюис Стивенсон.

Ягнёнок (агнец) — один из наиболее популярных и распространённых символов Иисуса Христа. Во времена Ветхого Завета агнцев использовали в качестве жертвенных животных. Их особенность состояла в том, что, словно подчиняясь своей участи, они покорно, без сопротивления шли на заклание. Именно по этой причине агнец стал символом Христа, который добровольно взошёл на крест ради спасения человечества.

Символ агнца занимал прочное место в раннехристианском искусстве. Подобно тому, как в Ветхом Завете заклание пасхального агнца было главным событием года, так в Новом Завете евхаристическая жертва стала центром жизни Церкви. Изображение агнца не только символизировало Спасителя, но и воплощало в себе христианские идеалы кротости, смирения и жертвенной любви.

В живописи эпохи Ренессанса ягнёнка часто изображали на полотнах с религиозными сюжетами как атрибут Иисуса Христа или Иоанна Крестителя.

Гнездо — символ мира, спокойствия и защиты, символ домашнего очага и рождения.

Ангел — предвестник священного. Ангелы сопровождают людей и помогают им, когда это необходимо. Согласно множеству религиозных традиций, каждый человек имеет Ангела-хранителя, который следит за тем, чтобы человек продвигался по пути своей духовной реализации. Религии

Символизм образов

утверждают, что Бог никогда не покидает человечество и наделяет каждого человека Ангелом-хранителем, чтобы люди слышали Его голос — как таинственный шёпот, так и властные и побуждающие приказы, стремящиеся пробудить наше сознание.

Невидимые посланники, обитатели небес, создания светлые и лёгкие, но также огненные и воинственные, присутствуют во многих традициях. Нет ни одной цивилизации, где не упоминались бы эти духовные сущности, которые сотрудничают с Создателем во множестве различных миссий, согласно рангам и категориям. Эти посредники между Богом и миром символизируют божественные деяния и связь Бога с его творениями.

Ангелы, как «посланники Божии», часто упоминаются в Писании, а вера в их существование глубоко укоренилась в христианской традиции, где это слово обозначает следующее: «духовные существа, более совершенные, чем человек, которые возвещают людям волю Божию и исполняют на земле Его веления». Ангелы — существа, сотворённые Богом прежде творения видимого мира. Они духовны и бестелесны или, может быть, имеют некое эфирное тело. Если они принимают видимый образ, то это лишь случайная форма, а не постоянное бытие. Для Ангелов не существует наших пространственных условий, но они не вездесущи.

Ястреб — солярная птица. Обладает тем же символизмом, что и орёл. Является атрибутом всех богов Солнца и олицетворяет Небеса, силу, королевское происхождение, знатность.

Считалось, что ястреб, подобно орлу, может лететь к Солнцу и смотреть на него, не моргая. Боги, появляющиеся в сопровождении ястреба или имеющие голову ястреба, — это боги Солнца.

Ястребы использовались в качестве символов на протяжении веков, их значение продолжает развиваться и меняется с течением времени. Будь то символ власти, защиты, руководства или духовного роста, ястреб остаётся мощным и значимым символом во многих культурах и традициях.

В культурах коренных американцев ястреб часто рассматривается как посланник между духовным и физическим миром. Считается, что ястреб имеет особую связь с царством Духа, а его появление рассматривается как знак духовного руководства или послания предков. Ястреб также связан с мужеством, мудростью и видением. Считалось, что ястребы обладали способностью видеть как физический мир, так и духовное царство, что делает их символом повышенного восприятия и духовного осознания.

Бубен — атрибут шаманов в разных культурах. Обычно бубен олицетворяет собой средство передвижения (коня, оленя, лодку, плот), а колотушка — плеть или весло, для путешествия шамана в другие миры. У всех народов Сибири бубен приравнивается к животному, которое на своей спине носит

Символизм образов

шамана по трём мирам. Бубен обладает многими сверхъестественными и магическими свойствами.

Тучи — тучи, особенно чёрные, являются мощным символом, который может передать тяжёлое эмоциональное состояние, а также предупредить человека в случае опасности. Этот символ часто используется в литературе и искусстве.

Дождь — символ божественного благосостояния, нисхождения небесного блаженства и очищения, плодородия. Символизм дождя совпадает с символизмом солнечных лучей, когда он олицетворяет оплодотворение и духовное открытие. Все боги неба оплодотворяют землю дождём.

Чаша — в юнгианской психологии символический образ чаши имеет несколько интерпретаций и значений. По своей сути чаша представляет собой сосуд, который содержит животворящие вещества, такие как вода, пища или духовная энергия. Чаша символизирует чувство завершённости и единства. Она представляет собой интеграцию различных аспектов личности, охватывая сознательные и бессознательные элементы. Этот образ отражает необходимость признать и примирить свои теневые аспекты для личностного роста и индивидуации.

Как сосуд, чаша олицетворяет способность получать и содержать переживания, эмоции и идеи. Это означает способность человека удерживать и интегрировать различные аспекты жизни, как положительные, так и отрицательные, не будучи перегруженными или фрагментированными. Связь чаши с живительными веществами предполагает её функцию источника питания: как физического, так и духовного. Она символизирует способность обеспечивать заботу, поддержку и средства к существованию себе и другим, способствуя росту и благополучию.

Вода — как культурный символ имеет глубокие корни в нашем наследии. Она отражается в искусстве, религии и обрядах разных народов, символизируя жизнь, плодовитость, очищение и переходы.

Все народы и культуры мира имеют своё уникальное представление о воде и её значении. Вода способна объединять и способствовать развитию культурного наследия.

Многие народы мира одушевляют воду и считают её живой. Этому способствуют такие её качества: постоянная подвижность; изменение цвета в зависимости от освещённости; способность изменять своё состояние — превращаться в пар от нагрева и в лёд от мороза; способность отражать предметы, возрождать к жизни увядшие, засохшие растения, придавать силы уставшим и исцелять больных. Многим в журчании ручья слышится живая речь природы, поэтому неудивительно, что эту стихию считают живой. Кроме того, считается, что вода, использованная для омовений, способна очистить не только тело, но и душу. Поэтому и появилось понятие

Символизм образов

«святая вода», которой христиане выполняют обряд крещения и очищения.

Всё вышесказанное говорит о том, как было сформировано ядро этого символа, но не раскрывает его полный смысл, заложенный нашими предками. Вода считается одним из самых древних и важных символов, который появился в сознании человека и в его культуре. Древние люди считали, что это дар богини Даны, которая сейчас незаслуженно забыта. Они приписывали воде волшебные свойства, считали её целебной.

Вода возвращает к жизни и даёт новую жизнь, отсюда крещение водой или кровью. В обрядах инициации вода и кровь смывают старую жизнь и освящают новую. Погружение в воду символизирует не только возврат к первоначальному состоянию чистоты, смерть в старой жизни и возрождение в новой, но и омовение души в материальном мире. Источник Жизни берёт начало от корней Древа Жизни, которое растёт в центре Рая.

В виде дождя вода несёт оплодотворяющую силу небесного Бога, что символизирует плодородие.

Как роса, она олицетворяет благовещение и благословение, духовное обновление и свет восхода.

Источник и гробница всего сущего во Вселенной. Символ непроявленного, первичной материи. Любая вода является символом Великой Матери и ассоциируется с рождением, женским началом, утробой Вселенной, водами плодородия и свежести, источником жизни.

Вода — жидкий двойник света. Она также сравнивается с непрерывным изменением материального мира, бессознательным, забывчивостью. Вода растворяет, уничтожает, очищает, смывает и восстанавливает. Ассоциируется с влагой и циркуляцией крови, жизненными силами как противопоставлением сухости и неподвижности смерти.

Река — амбивалентный символ, который соответствует как созидательной, так и разрушительной силе природы. С одной стороны, она означает плодородие, движение и очищение, а с другой — препятствие, опасность, связанную с потопом, наводнением. Нередко реки представлялись как границы, преграды, разделяющие миры живых и мёртвых, вход в подземное царство.

Рыба — с глубокой древности рыба ассоциировалась с учителями, мировыми спасителями, прародителями, мудростью. Символизм рыбы тесно связан с символизмом воды, водной стихии. Вода — первоначало, исходное состояние всего сущего, источник жизни. Поэтому рыбы, свободно обитающие в воде, в первозданном океане, наделяются демиургической силой.

Рыба — один из древнейших христианских символов, символ Христа. Три переплетённых рыбы или три рыбы с одной головой символизируют Троицу.

Дерево — является одним из универсальных символов духовной культуры человечества. Оно

Символизм образов

символизировало центральную ось мира, соединяющую Небо и Землю; человека и его путь к духовным высотам; циклы жизни, смерти и возрождения; Вселенную и её процессы вечного обновления; сокровенную мудрость и таинственные законы бытия.

Дерево соединяет глубину и высоту не только в пространстве, но и во времени, выступая как символ памяти о прошлом и надежды на будущее.

Дерево — образ самой вечности, которая всегда юна и всегда стара. Бытие деревьев совершенно именно потому, что в нём нет разрыва между сущим и должным, действительным и возможным, каждый миг дерево есть то, чем призвано быть.

Дерево выступает перед человеком как образ упорного прорастания, жизнестойкого терпения, которое осиливает все превратности годового цикла — из осеннего увядания и зимней наготы возрождается к новой цветущей жизни.

В основе мифопоэтических представлений многих народов лежит символ Мирового Древа, организующего своими корнями и ветвями структуру мироздания. Это важнейший и почти повсеместно распространённый символ, в котором архаическая культура выражает своё видение мира и человека в нём. Основным содержанием этого символа, на котором строится мифологическая модель мира, является «вертикаль» Земля — Небо со всеми её составляющими, с символикой природных стихий — Огня, Земли, Воздуха, Воды. В архаическом космосе этой вертикали соответствует мифологема «космического дерева», объединяющая два порождающих природных начала — Небо и Землю. Земля при этом традиционно символизирует живое, плодоносящее начало, своеобразный «эмбрион Вселенной». Деревья же, являясь своеобразным медиатором в отношениях человека с Небом, находясь в пространстве между Небом и Землёй, несут в себе начало порождающее, в мифопоэтическом контексте понятое как умирание и воскресение. Крона дерева, в которой живут птицы, сливается с небом и приближается к жилищу богов. Корни дерева уходят в землю — в тёмный, нижний мир. В этом мире всё умирает и из него же всё возрождается. Ствол дерева является «средним миром», в нём человек обитает, его он возделывает. Такова модель космоса в первобытном сознании. В ней упорядоченный, поднявшийся над хаосом мир включает в себя природу, культуру и высший разум.

Птица — один из древнейших символов всех времён и народов. Символ свободы Души, идеи отделения духовного начала от земного. Посредник между небом и землёй. Вестник богов. Благодаря способности подниматься ввысь птицы олицетворяют божественность, власть и победу. Это символ преображения человека; образ птицы связан с духовными проявлениями.

Карл Густав Юнг говорил, что птицы символизируют духов, ангелов и сверхъестественные силы, помогающие человеку. Свою душу он видел в образе прекрасной белой птицы.

В христианской символике птица часто используется для представления духовного путешествия души. Способность птицы взлететь высоко над землёй рассматривается как метафора для пути души к просветлению и духовному росту.

Источники

Культурная ассоциация «Новый Акрополь»: www.newacropol.ru

О. М. Иванова-Казас. «Птицы в мифологии, фольклоре и искусстве»: издательство «Нестор-История», СПб, 2006

Журнал «Человек без границ»: www.bez-granic.ru

Статья Р. М. Камалова «Лес как символ и мифопоэтический образ». Издательство «Грамота»: www.gramota.net

Статья А. Богдановой «Образ чаши в юнгианской психологии»

Статья А. Листопад «Что общего у рыбы и единорога и почему эти существа стали в христианской культуре символами Спасителя». Журнал «Фома»: www.foma.ru

Мегаэнциклопедия Кирилла и Мефодия: www.megabook.ru

БЛАГОДАРНОСТИ

Благодарю своего мужа Михаила и детей Анну и Макара за их любовь, понимание и поддержку меня в жизни и творчестве.

Благодарю своего близкого друга и учителя, мастера игры на тибетских чашах Аксану Астапаву.

Благодарю «Литературное агентство Натальи Рубановой» за помощь на пути создания этой книги.

Литературно-художественное
иллюстрированное издание

Анастасия Яблокова

Птицы Вселенной моей

Иллюстрации автора

ISBN 978-5-6053777-0-2
Printed version softcover

ISBN 978-5-6053777-1-9
Printed version hardcover

ISBN 978-5-6053777-2-6
Ebook

Все права защищены. Данная книга предназначена исключительно для частного использования в личных (некоммерческих) целях. Книга, ее части, фрагменты и элементы, включая текст, изображения и иное, не подлежат копированию и любому другому использованию без разрешения правообладателя. В частности, запрещено такое использование, в результате которого книга, ее часть, фрагмент или элемент станут доступными ограниченному или неопределенному кругу лиц, в том числе посредством сети интернет, независимо от того, будет предоставляться доступ за плату или безвозмездно.

Копирование, воспроизведение и иное использование книги, ее частей, фрагментов и элементов, выходящее за пределы частного использования в личных (некоммерческих) целях, без согласия правообладателя является незаконным и влечет уголовную, административную и гражданскую ответственность.